はらぺこ

〈美味〉時代小説傑作選

朝井まかて／中島久枝／近藤史恵
五十嵐佳子／宮部みゆき
細谷正充 編

PHP
文芸文庫

○本表紙デザイン＋ロゴ＝川上成夫

はらぺこ〈美味〉時代小説傑作選　目次

福袋

朝井まかて

松の内が明けてまもなくの、午下《ひる》がりである。

佐平《さへい》は唖然《あぜん》として、姉を見返した。

「戻されたって……姉ちゃん、離縁されちゃったのかい」

「そうみたい」

姉のお壱与《いよ》は両の手を揉《も》みながら、もっさりと小首を傾《かし》げる。

「そうみたいって、そんな他人事《ひとごと》みたいに呑気《のんき》な声で。何でだよ、理由《わけ》を聞かせてもらわないと、いきなり出戻ってこられたって、うちにだって都合があるんだ。困っちゃうよ」

声が尖《とが》るが、お壱与はふと顎《あご》を持ち上げ、小鼻を膨《ふく》らませた。

「これ、鰹節《かつおぶし》や昆布《こんぶ》の匂いよね。濱屋《はまや》の匂いだわ」

ただでさえ垂《た》れ気味の目尻を下げ、佐平の小座敷を見回している。

濱屋は、ここ室町《むろまち》で乾物《かんぶつ》を商《あきな》っている乾物商だ。鰹節に昆布、椎茸《しいたけ》、大豆《だいず》や小豆《あずき》が扱い品で、冬には干鱈《ほしだら》や数の子も店先に並べる。

「姉ちゃん、懐《なつ》かしがってる場合じゃないよ。呑気にもほどがあるよ」

佐平は濱屋の三代目でありながら、姉の言う乾物の臭いが大の嫌いだ。天日《てんぴ》で干したり塩漬けにしてあるので、生きの良さが奪われているではないか。年数を経《へ》た黴臭《かび》さが奥の隅々《すみずみ》に、この座敷の柱や障子《しょうじ》にまで染みついている。羽織《はおり》の袖《そで》にも臭いが移っているような気がして、遊びに出る際はまず女の家に立ち寄ってそこで着替えるほどだ。

「松宗《まつそう》さんは何で姉ちゃんに去《い》ねと、おっしゃった」

お壱与の鼻の穴を睨《にら》みながら、佐平は煙草盆《タバコぼん》を引き寄せた。

実の弟から見ても、姉は不器量だ。一重《ひとえ》の瞼《まぶた》は腫《は》れているかのように重たげで鼻は胡坐《あぐら》をかき、唇《くちびる》はいつも半開きになっている。言うこと為《な》すことがこれまたひどく緩慢《かんまん》で、しかも曖昧《あいまい》だ。幼い頃から近所や親戚にも「鈍重《どんじゅう》が着物を着ている」と笑われていた。

ゆえに嫁ぎ先もなかなか決まらず、嫁いだのはやっと二十五になってからだ。婚家は通油町《とおりあぶらちょう》の蠟燭《ろうそく》問屋で、大店《おおだな》ではないが御公儀《おかみ》御用も承《うけたまわ》る老舗《しにせ》だ。ただし亭主は三回りも歳上で、その後添《のちぞ》えである。孫だってすでに何人もいる男だ。

「今さら、子ができる、できないの話じゃないだろう。松宗さんはもうお歳だし、跡継ぎも立派にいなさる。だいいち、嫁いでもう三年になるじゃないか。何で今さら戻されるんだよ」

障子の外で気配がして、女中が顔を見せた。お壱与の顔をちらちらと窺《うかが》い見ながら茶を差し出したので、佐平は眉根《まゆね》を寄せた。

うちの女中は行儀《ぎょうぎ》知らずで、家内での悶着《もんちゃく》を陰から盗み見たりする。それもこれも、女房のお初《はつ》がちゃんと仕込まないからだ。

「お初は」

「お内儀《ないぎ》さんは、お買い物にお出掛けです」

「あたしは聞いてないよ」

「越後屋《えちごや》で花見小袖の反物《たんもの》をお選びになって、提《さ》げ重《じゅう》も新しくなさるとかで平安堂《へいあんどう》に、それから向島《むこうじま》にお渡りになって風流遊びだそうで。お里のお姉様方とご一緒に」

「甚兵衛《じんべえ》は」

「番頭さんも朝からお出掛けです」

「どこに」

「さあ、伺《うかが》っておりませんが」

「行き先くらい、ちゃんと訊《き》いておきなさいよ」

佐平は苛立《いらだ》って、「もういい」と女中を追い払った。湯呑《ゆのみ》を手に取ると、お壱与も両手でおずおずと持ち上げている。顎を突き出し、口から吸いついていく様子がまた不細工《ぶさいく》である。と、唇から湯呑の縁《ふち》を離した。

「熱い」

啜《すす》ってみれば、ごく尋常な加減だ。

「熱かないよ。こんなの、ぬるいくらいだ」

だがお壱与は頭《かぶり》を振る。

「姉ちゃん、猫舌だったっけ」

今度は「うん」と縦に振るが、まったく暖簾《のれん》を腕で押しているような案配だ。子供が相手のやり取りでも、もう少し張り合いがある。佐平はうんざりしながら、話を本筋に戻した。

「だいたい、順序が違うよ。離縁となれば仲人《なこうど》なり、先方の代理人なりが先に話をつけにくるのが筋だろう」

「そういえば。おのぶちゃんも先月、戻ってきたんだって」

「おのぶって誰だよ」

「幼馴染《おさなな》じみ。さっき、そこの角でおのぶちゃんのおっ母《か》さんと行き会ったの。したら、うちも先月、戻ってきたんだよ、また仲良くしてやっとくれって」

「知らないよ、そんなの」

煙管《キセル》を手にし、火皿に刻みを詰める。が、膝《ひざ》の上に零《こぼ》れて舌打ちをした。

お壱与は話すことが明後日《あさって》の方を向いてばかりで、肝心《かんじん》の事情がさっぱりわからないのだ。

離縁そのものは、べつだん珍しい話ではない。江戸の町人の場合、半数以上は離縁済みで、佐平の遊び仲間など何度も離縁を繰り返しているし、別れた女房もまた別の男の許《もと》に嫁いでいる。そもそも嫁をもらったり嫁いだりするのに届を出す定《き》まりがないので、離別するにも大した決意が要《い》るわけではない。武家であれば御公儀や藩に夫婦両家から離縁届を出すのがしきたりだそうだが、町人は三行半《みくだりはん》、つまり「去り状」を書くだけだ。

ただし、去り状は亭主しか書くことができない。いわば再嫁《さいか》の許可証で、これがないと重婚の罪に問われる。

「で、去り状は」

「えぇと、どうだったかしら」

「いきなり里に戻しておいて、去り状も寄越《よこ》さないのかい。姉ちゃん、去り状がないと次に嫁げないよ。どうすんの」

「べつに。もう嫁がなくても」

微《かす》かに眉を下げるので、思わず大声を出した。

「あたしの立場も考えておくれよ。ただでさえお初とうまくいってないのに姉ちゃんがずっとうちにいるとなれば、鬼の首を取ったみたいに攻めかかってくる」

　そこまでを言って口をすぼめた。夫婦喧嘩《げんか》のたびに女中らが聞き耳を立てるのだ。口の立つお初に佐平がやり込められるのを面白がって、くすくすと笑い合う。ろくでもない。

　お壱与が不思議そうに、「けど」と呟《つぶや》いた。

「あんた、婚礼の日は喜んでたじゃないの。三国一《さんごくいち》の嫁御《よめご》をもらったたって」

「そりゃ、あの頃は別嬪《べっぴん》だったさ。けど、ほんに気性《きしょう》がきついんだよ。親が甘やかして気随気儘《きずいきまま》に育ってるからさ、濱屋の台所は火の車だって言ってあるのに出歩くんだ。向こうの姉さんや妹も、派手好きの遊び好きだから」

「皆、綺麗《きれい》なお人ばかりだったもんねえ」

「競《きそ》い心《しん》が強いから姉妹と張り合って、着飾るのを止《や》めやしない。あたしがちょっと意見したらば、これでも充分控えてます、これ以上、みっともない格好《かっこう》をしたらお前さんの体《てい》たらくを言い触らして歩くようなものよ、いいんですか、濱屋がお前さんの代で左前になったってえ噂《うわさ》が立ってもと、切り返してきやがる」

佐平は実のところ、お初とはもう別れたいのである。何かにつけて上から物を言い、けちをつけてくる。お初が口を開くたび、己《おのれ》の値打ちが目減りするような気にさせられる。

しかし佐平から離縁を切り出すとなれば、お初が里から持たされてきた持参金、そして嫁入り道具のすべてを返す必要がある。亭主、女房、いずれからにしろ、離縁したいと言い出した側が持参金を返すか、縁切金を払うのが慣《なら》いなのだ。

離縁の沙汰《さた》も金次第、妙に情が絡《から》まない分、後腐れがない。などと言えるのは、手許にゆとりのある者の理屈だ。

佐平はやっと刻みを詰め終え、火をつけながら顔を顰《しか》めた。

お初の持参金は八十両であったが、とうに使ってしまって跡形もない。お初が嫁いできたその年、さらに去年と相次いで両親が亡くなり、佐平としては濱屋の体面を考えて相応の葬儀を出した。その後、不景気の風が吹いて商いが傾き通しなのだ。しかもお初は娘時分のままに贅沢《ぜいたく》を押し通す。八十両なんぞ、瞬《また》く間に消え失せた。

古くからの奉公人《ほうこうにん》も随分《ずいぶん》と減らし、番頭の甚兵衛が小僧を使って何とか暖簾を守ってはいる。が、客も滅多《めった》に入ってこないので、佐平は帳場に坐っているのが馬鹿お紺《こん》の家に通っている。お紺は隣町に住む若後家《わかごけ》で、ままだ二十歳《はたち》を過ぎたばかりだ。

先だって寒風の中を訪ねると、お紺は柱にもたれたまま言った。

「こんなに寒い中を。いいのに、あたしのことなんぞ気に懸けてくれなくったって」

と拗《す》ねつつ、佐平の手を取って己の懐《ふところ》の中に入れる。

「こんなに冷たい手をしなすって」

「優しいことをしておくれだね、お紺は」

「優しくなんかありませんよ。お内儀さんの目を盗んでこんなことをしてる、泥棒猫だもの」

伏し目がちに、小さく笑う。

お紺は心底、惚《ほ》れ込んでくれているのだ。だから夜、泊まってやれないことが辛《つら》い。

「もう少しだけ待っとくれよ。そのうちきっと、朝まで一緒にいられるようにするからね」

佐平は柔らかな躰《からだ》をもう一度抱き寄せて名残りを惜しみ、「すまないね」と片手で拝みながら敷居をまたぐ。お紺は寝乱れた前を合わせもせず、寂しげに手を振る。佐平はそこで切なくなって引き返し、また帯を解く。

しかし金がないから、女房に離縁を切り出せない。今の佐平にとって、八十両は大金だ。

腕組みをしながら、煙管の吸口を咥《くわ》えた。目の前のお壱与はとうに冷めているであろう茶を啜り、ふうと背を丸めて息を吐いている。

頭の中で、ぴかりと閃《ひらめ》いた。「姉ちゃん」と、半身を乗り出す。

「お父《と》っつぁん、相当、姉ちゃんに持たせただろう。それが返ってくるよな」

数十度も見合いを重ね、それでも断られ続けてやっと摑《つか》んだ後添えの口だった。しかも相手は名のある松宗だ。両親はそれは気を入れて、支度《したく》を整えていた。

「持参金、七、八十両は持たせてもらったろう」

「そんなにあったかしらん」

「この際、六十両でもいいよ。いや、五十両でも」

佐平は久しぶりに頭の中で算盤《そろばん》を弾《はじ》いた。持参金が返ってきたら、足りぬ分はどこぞで借りればいい。それなら、何とかなりそうだ。

「ねえ。あたし、お腹《なか》が空《す》いちゃって」

お壱与が上目遣《づか》いで佐平の顔を窺っていた。

「ああ、いいよいいよ。台所に言いつけて、何なりとここに運ばせたらいい。ここは姉ちゃんの里なんだから、好きに振る舞うがいいよ。お初の奴が帰ってきたら嫌味の一つも吐くだろうけど、気にしちゃいけないよ」

「佐平、外出《そとで》するの」

「うん、まあ、あたしに万事まかせて。姉ちゃんは大船に乗ったつもりで、ゆっくりおし」

羽織を替える佐平を、お壱与の小さな眼が見上げている。

松宗に侮《あなど》られぬよう、とりあえず身形《みなり》を整えて外に飛び出した。運良く、空の駕《か》籠《ご》が通りかかった。酒代《さかだい》を弾《はず》んだからか、猛烈な勢いで走り始める。

姉ちゃんが出戻ってくるなんて、ほんに勿怪《もっけ》の幸いだ。持参金が返ってきたらば、ようやくお初と離縁できる。そしたら毎晩、お紺と一緒だ。そうだ、子供を作らなきゃと佐平は思った。

お初との間に子はできなかったが、それも不幸中の幸いというものだ。濱屋の四代目は、若いお紺に産ませる。

縦横に激しく揺られながらも、笑みが洩《も》れて溢《あふ》れて仕方がない。

「今夜はあまり進まないのね。具合がお悪いんじゃないの」

酌《しゃく》をしていたお紺が、徳利《とっくり》を持つ手を止めた。

「何ともないよ」と紛《まぎ》らわせつつ、「いや、おおありだ」と言い換えた。

「思い出すだけで、肚《はら》が煮える」

三日前、佐平は松宗の店先に駕籠を乗りつけ、談判に及んだ。で、あっさりと返り討ちに遭《あ》ったのである。

「あいにく、持参金はお返しできません」

「何ですって。いくら松宗さんでも、それは道理に外れるんじゃありませんか。世間が黙っちゃいませんよ」

「そう、その世間を憚《はばか》って、あたしは仲介人《ちゅうかいにん》も立てずにお壱与を返したんですがね」

松宗は額《ひたい》に大きな横波を寄せ、じろりと佐平を睨み返した。

「あんな大喰らいだって知ってたら、最初から後添えにもらったりしませんよ。三年も喰わせたんだ。もう放免していただきたいものですな」

「亭主が女房を喰わせるのは当たり前じゃありませんか」

「とぼけて。濱屋さんは弟でしょう、ご存じのはずだ」

「何をおっしゃってるんだか」

「ですから、喰うんですよ、尋常じゃないほど」

佐平は「そんなことですか」と笑い、肩を揺すった。

「そりゃあ、姉は子供時分から、あたしより長い間、膳の前に坐ってましたがね。でも喰うのが遅いだけですよ。万事がおっとりしてますから」

「はい、ゆっくりですよ。ですが遅いながらも一升《しょう》、平らげる」

「一升って、何日で」

「一度に決まっているじゃありませんか。夫婦二人と子供も何人かある家が一日に喰う量ですよ、一升ってのは。それに米だけじゃない。お味噌汁《つけ》にお菜《さい》、漬物だって平らげちまうから、うちの台所女中も音《ね》を上げて、この辺で勘弁して下さいって頼むんだそうですよ。まあ、ああいう女だから黙って箸《はし》を置くんだけれども、今度はいつのまにか餅箱《もちばこ》が空になっている。到来物の塩鮭に数の子、干柿も軒並《のきな》みやられちまって、あたしら一家はどれだけひもじい思いをしてきたことか。倅《せがれ》夫婦や孫にも決まりが悪くってね」

二の句が継げなかった。

「お疑いなら、これ、この通り、お壱与の胃袋に収まった物とその値を番頭が書きつけてあります。ご覧になるがいい」

松宗は背後の文机《ふづくえ》に置いてある帳面を手に取り、佐平の膝前に投げるように置いた。

「倅がこの掛かりの額に仰天《ぎようてん》して、これは離縁だけで済む話じゃない、濱屋さんに贖《あがの》うてもらうべきだと申しましたよ。ですが私もこの歳になって、要らぬ波風を立てたくはない。お壱与の持参金は五十両だから、それで埋め合わせてもらおうと宥《なだ》めたんですよ。不服がおありなら人を立てて出直して下さればよろしいが、かえって濱屋さんに弁済していただくことになりかねませんよ。これ、この通り、喰った証拠がありますから。去り状は後で届けさせるつもりでしたがちょうど良かった、お持ち帰り下さい」

まだ信じられぬ思いで家に帰ると、暖簾の外にまで煮炊きの匂いが漂《ただよ》ってくる。番頭の甚兵衛が帳場に坐っていて、「えらい取り込みようで」と両膝を立てた。奥に飛び込んで台所に入ると、女中が竈《かまど》の前で大汗を掻《か》いている。お壱与は板《いた》間《ま》に坐って、自《みず》ら茶碗に飯をよそっていた。膳の上の皿が空で、周囲に並んだ大鉢も煮汁が見えるだけだ。

しゃもじを手にしたお壱与は、のほほんと顔を上げた。

「姉ちゃん、それ、何杯目っ」

すると女中が振り返るなり、剣呑《けんのん》な声を出した。

「旦那《だんな》さん、米屋に持ってこさせてください。一升をぺろりと召し上がって、まだ足りないってんで米櫃《こめびつ》の底まで浚《さら》ってもう一回、炊いてるんです。今日の夕餉《ゆうげ》のお菜も何もかもお出しして、梅干しだって残っちゃいません」

それから毎日、お初に悪《あ》しざまに責められている。

「あんな底無し、どうすんのよ。お替わりは駄目《だめ》だって、お前さんが止めなさいよ」

「止めてるさ。けど」

松宗が言っていた通り、飯を止めれば餅箱の中がやられ、近所で稲荷鮨《いなりずし》や大福を山と買い込んでくる。むろん当人は銭を持っていないので、その払いはもれなく佐平に回ってくるのだ。

「姉ちゃん、いい加減にしないと腹を下すよ」

叱《しか》っても、お壱与は黙々と頬《ほお》を動かすばかりだ。無心の体《てい》かと思えば、時々、口の中で呟いていたりする。

「これ、小豆じゃないわ。ささげ豆でごまかしてる」

「頼むから加減してくれよ」

「大丈夫。あたし、胃の袋が強いみたい。お腹をこわしたこと、一遍《いっぺん》もないもの」

笑った歯の隙間《すきま》に豆の皮らしき物が挟《はさ》まっているのが見えて、なお腹立たしかった。

「お義姉《ねえ》さん、馬だってそうは食べやしませんよ」

お初も皮肉を放つのだが、お壱与にはまるで通じない。で、お初はむきになって亭主に当たってくる。そして佐平は苛立つ。お壱与の持参金がふいになって、お初との離縁がまた遠のいたのだ。

こうなれば唯一の頼みは無尽講《むじんこう》だと、佐平は思いついた。で、今日、胴元になっていた遊び仲間の家を訪ねたのである。

無尽講は毎月、皆で銭を出し合って積み立て、まとまった額が要り用になった者がそれを使う仕組みだ。むろん利子をつけて返済するのだが、要り用の者が数人いる場合は入れ札をして、より高利をつけた者が競《せ》り落とせる。こうなりゃ少々無理をしてもいい、思い切った利子を書いて落札してやろうと訪ねたら、夜逃げをした後だった。仲間に一切合切《いっさいがっさい》を持ち逃げされていたのだ。

「お気の毒に、よほどの気鬱《きうつ》を抱えてなさるのね」

お紺は小皿に酒肴《しゅこう》を盛って、膳の上に置いた。水仕事をほとんどしない女なので、煮売り屋で適当に見繕《みつくろ》って買ってきているようだ。これがなかなかの味で、濱屋の女中が作るお菜とは見栄《みば》えもまるで違う。塩鯛の毟《むし》り身に黒くわいのきんとん、生貝のやわらか煮が並んでいる。

佐平は月末に小遣いを渡してはいるが、若後家の身の上のことで、亡くなった亭主が残した物がいくばくかはあるようだ。

「ねえ。たまにはどこかに出掛けましょうよ。梅見はどう」

「駄目駄目、うちの女房がお出ましだ」

「怖いんだ、見《め》っかるの」

猫のように目を細めて、からかってくる。

「あんなの、怖くも何ともありゃしないがね。今、こっちの分《ぶ》が悪くなりそうなことは控えておかないと。離縁に向けて、いろいろ算段中だから」

「ちょっと遠方ならどうかしら。そういえば煮売り屋で聞いたんだけど、日暮里《にっぽり》のお寺で面白いことするんですって」

「御開帳《ごかいちょう》とかの催《もよお》しかい。お寺も近頃は不景気で、喜捨《きしゃ》集めに必死だね」

「それが、大喰い会を開くそうよ。面白そうじゃありませんか」

「大喰い会って、よく瓦版《かわらばん》に番付《ばんづけ》が出てるあれかい」

蔵持ちの通人《つうじん》が集まり、大喰いや大酒呑みを料理屋に招いて競わせる遊びがあるのだ。

「ええ。お酒が一斗《と》九升五合《ごう》、ご飯が大椀で六十八杯、お蕎麦《そば》が六十三杯とか。世の中にはとんでもない人がいるものよね」

「あんなの、大袈裟《おおげさ》に書いてあるだけだろう」

「でもお寺の大喰い会は、見物人が見ている中での競争にするみたいよ。勝ち抜いた人には褒賞《ほうしょう》も出るとか」

少し気が動いた。

「金子《きんす》が出るのか」

「三十両ですって。食べるだけで三十両もらえるなんて、喰うや喰わずの連中がわんさと集まりそう」

「三十両」

無尽講で落とそうと思っていた額が、ちょうど三十両だった。

こいつはいけるぞ。喰える人間が、うちにいるじゃないか。

佐平は小膝を打った。が、お紺の顔を見て我に返る。

「そんな下世話《げせわ》な見世物《みせもの》になんぞ行かなくても、そのうち、旅につれてってやるから」

万一、あんな姉がいると知られたら、後添えに入るのを尻込みされるかもしれない。

「も少し暖かくなったら、花見に行こう。上方《かみがた》にまで足を延ばしたっていい」

「嬉《うれ》しい。でも、無理はしないでね」

やっと酒の味が舌に戻ってきて、佐平は機嫌《きげん》よく酔った。

日暮里の寺の境内《けいだい》には、大変な見物客が押し寄せている。

見物料を取られるというのに、ざっと見渡しただけで四、五百人はいそうな人波だ。参道の左右には見物客を当て込んでか、甘酒屋や団子屋、小鳥屋や金魚屋までが筵《むしろ》掛けの店を出している。境内の隅に大きな松樹があって、その枝の下に芝居の舞台のような板間が設けられていた。さらにその脇には白布をかけた大机と竈《かまど》が据《す》えられ、大鍋から盛んに立つ湯気の向こうには白鉢巻の仕出し屋が腕組みをして並んでいる。

大会の参加者も参加料を出さねばならず、しかも四百文だ。棒手振《ぼてふ》りのほぼ一日の稼ぎで、二八《にはち》蕎麦なら二十五杯は食べないと元が取れない。そんな勘定《かんじょう》も働いてか、佐平が想像していたよりも参加者は少なく、総勢三十人であるらしい。

お壱与に付き添って行司《ぎょうじ》役の説明に耳を傾ければ、決まりはこうだ。五人ずつイからへまでの六組に分かれ、半刻《はんとき》の間にまず蕎麦で競い、最も量を喰った者六人が勝ち抜き、決勝は餅と菓子で勝負する。

舞台の背後には幔幕《まんまく》が張られ、三十人はその袖に集められた。意外にも相撲《すもう》取りのような大男はおらず、やたらと威勢の良い鳶《とび》や職人に交じり、腰の低い商人らしき男に医者の身形《みなり》をした男、牢人《ろうにん》者らしき総髪《そうはつ》のお武家もいる。ただ、女の参加者はお壱与ひとりだ。

佐平はにわかに不安になって、お壱与の脇腹を小突《こづ》いた。

「姉ちゃん、あんなに腹を空かせとけって言ったのに、今朝《けさ》も喰ってただろう。飯を丼に五杯もお替わりしたって女中が零《こぼ》してたよ。大根の漬物も一本全部やられたって」

「大丈夫。ここにくる間に、もうぺこぺこだもの」

「ならいいが、精々《せいぜい》、気張っとくれよ」

皆はいよいよ舞台の上に呼ばれて、佐平は舞台の袖から見守ることになった。お壱与が組み入れられたホ組は、魚河岸《うおがし》の法被《はっぴ》をつけた中年の男に商人らしき男、そしてまだ若い牢人者と隠居《いんきょ》の爺さんだった。まずこの四人を倒さないことには先へ進めない。鍋の湯が滾《たぎ》り、蕎麦が次々と茹《ゆ》でられて大椀に盛られ、汁が注《つ》がれてからそれぞれに運ばれていく。

お壱与は椀を持ち上げたが、すぐに折敷《おしき》の上に戻した。

姉ちゃん、何してるんだ。隣の牢人者、三口で啜っちまったぞ。ああ、その横の魚河岸もだ。

しかしお壱与はふうふうと、椀に息を吹きかけるばかりだ。

あいた、姉ちゃん、猫舌だ。

佐平は地団駄《じだんだ》を踏み、口許に掌《てのひら》を立ててせっついた。

「ちっと熱いくらい我慢しなよ。行けよ、そのまま行っちまえ」

だがお壱与は頰を膨らませてはふうと冷まし、いっこうに箸をつけない。

ああ、もう、何て悠長《ゆうちょう》なことしてるんだい。

と、やっと箸を入れた。蕎麦を丁寧《ていねい》にたぐり、汁をゆっくりと吞《の》んでからじっと椀の中を見つめ、今度は何やら呟いている。

「鰹節に煮干し、干し椎茸も少々。醬油《しょうゆ》は、銚子《ちょうし》の亀長《かめちょう》……」

「出汁《だし》の講釈なんぞ要らないんだよ。急いで、次っ」

もはや五杯めに挑んでいる者があるのだ。しかしお壱与は周囲を見向きもせず、淡々と蕎麦を啜り込む。十杯、二十杯、三十杯となって、周囲の喰い方が若干《じゃっかん》、遅くなってきた。先陣を切っていた牢人者が魚河岸に抜かれ、商人と隠居、そしてお壱与がほぼ同量で並んでいる。

帳面を手にした行司が積み上げられた大椀を数え、中に麺《めん》や汁が残っていないかを検分している。五十杯めとなってまず魚河岸と牢人者の箸が進まなくなり、商人と隠居も汁を呑み干すのが辛そうだ。だがお壱与はまったく速度を変えず、さも旨《うま》そうに味わっている。どうやら汁を温め直す手間を仕出し屋が省《はぶ》いているらしく、初めの椀ほど熱くないようだ。

見物衆がお壱与の喰いっぷりに気がついてか、ホ組の前の人だかりが膨れ上がった。皆、目を輝かせてお壱与を見上げ、空にした大椀を重ねるたび「ほう」と声を洩らす。とうとう五十七杯めとなって、三人の男が音《ね》を上げた。お壱与と隠居の一騎打ちだが、隠居が目を白黒させ始める。

「危ないんじゃねぇか、あのご隠居。死人が出たら、えれえこった」

「ここは寺だぜ。すぐに経《きよう》を上げてくれら」

皆、好き勝手なことを言いながら囃《はや》したり案じたりしているが、とうとう行司から「箸を置いてぇ」と競技の切りが告げられた。イ組から順に、勝者の名を読み上げる。

「イ組、千住《せんじゆ》の大工、金助《きんすけ》、六十二杯」

そこで「金助、でかしたッ」と見物衆から声が掛かった。仲間が集まっているようで、もう大騒ぎだ。

「ロ組は吉原《よしわら》の伊勢屋太郎兵衛《いせやたろべえ》、五十九杯……ハ組は神田《かんだ》の料理人、三四次《みよじ》が六十杯」と読み上げが続き、「ホ組」と行司が声を張り上げた。

「室町の濱屋お壱与、五十八杯」

たとえ不器量でも紅《こう》一点とあって、観衆が「おおう」とどよめいた。負けた者らは皆、腹をさすりながら退場し、おどけて舞台から手を振って見物衆を笑わせるお調子者もいる。隠居は孫らしき若者に支えられ、戸板にのせられて境内を去った。

よそ見をしている間に舞台の上は綺麗に片づけられ、はや決戦の構えに入っている。六人が居並び、お壱与は右端だ。膝前にはそれぞれ、餅蓋《もちぶた》に山と盛られた餅と菓子がある。行司が大声で説明を始めた。

「餅は五十、饅頭《まんじゆう》も五十、練り羊羹《ようかん》は十棹《さお》、松風煎餅《まつかぜせんべい》五十枚、どの順序で食べてもかまいませんが、一刻《いつとき》の間に完食していただきます。二人以上完食した場合は、早い方が勝ち。お茶は何杯呑んでも結構、杯数は加点されませんので悪しからず。では、始めぇっ」

男らは皆、餅を次々と口の中に放り込んでいく。ところがお壱与はまた泰然自若《たいぜんじじやく》といおうか、半眼《はんがん》になってゆっくりと咀嚼《そしやく》している。ごくりと咽喉《のど》が動いた後、茶を含んでから次を手に取る。

見物衆の話を小耳に挟みながら、佐平は舞台を見守り続けた。伊勢屋とやらは吉原の妓楼《ぎろう》の主《あるじ》らしく、数々の大喰い会で勝ち抜き、瓦版にもしじゅう名が載る常連らしい。千住の金助は新顔だが餅の喰いっぷりが並大抵《なみたいてい》ではなく、ぶっちぎりの速さだ。料理人の三四次という男はどちらかと言えばお壱与とよく似た喰い方で、落ち着いて口を動かしている。

餅と饅頭をお壱与が平らげ、練り羊羹に入った時、先に煎餅に手をつける者が二人いた。めったやたらと餅が速かった大工と、吉原だ。いかにも顎の強そうな音を立て、煎餅を齧《かじ》る音が響く。お壱与はまだ羊羹で、しかもまた何かを呟いている。

「この大納言《だいなごん》は丹波《たんば》、砂糖は琉球《りゆうきゆう》の黒、塩が少々、寒天は……」

九棹めを制したのは、料理人よりも先だった。一方、吉原と大工は羊羹に入ったが、三棹めを手にした辺りで息遣いが苦しげになった。

「そういや、伊勢屋の旦那は甘い物があまり得手《えて》じゃなかったはずだ」

「苦手《にがて》な物を後に回したんだな。さあ、それが吉と出るか凶と出るか」

背後でそんな話が聞こえて、佐平はしめしめとほくそ笑む。

凶だよ、凶に決まってるじゃないか。ああ、あの辛そうな顔。羊羹が咽喉に詰まっちまって、下りないんじゃないかい。

そしてお壱与はついに松風煎餅に入った。

薄い五十枚だから、姉ちゃんなら難なくいける。ほら、もう三枚、五枚、十枚だ。

「練り込んである青海苔《のり》は、浅草《あさくさ》」

「お壱与さんとやら、青海苔の出所《でどころ》もわかるんですか」

料理人が喋《しゃべ》りかけた。

こら、うちの姉ちゃんに話しかけるんじゃない。邪魔《じゃま》立てをする魂胆《こんたん》か。

「乾物屋の娘なもんですから」

姉ちゃんもまた呑気に答えてんじゃないよ。さっさと喰わないか。

やがて吉原が音を上げた。羊羹の残り三棹がもうどうにも無理だと言う。大工は粘っているが、舌でねぶっているような案配で目を潤《うる》ませている。さすがに料理人も煎餅の醤りっぷりが落ち、無言になった。

お壱与だけが最初から一貫して食べる間合いを変えず、ばりり、ぼりりと間断なく音を立て続けている。とうとう最後の三枚になって、もはや他の五人は顎が上がっている。が、勝負の行方《ゆくえ》はまだわからない。

「姉ちゃん、行け、そのまま平らげろっ」

「おう、頑張れ」

「おなごの身で、凄《すげ》ぇよな」

手に汗を握りながら、皆が励まし始めた。

「頑張れ、あと三枚、あと二枚っ」

そしてとうとう、最後の一枚を喰い終えた。地鳴りのごとき歓声《かんせい》が上がり、見物衆は大騒ぎだ。

しかしお壱与は悠然と茶を呑み干し、きょとんとした面持《おもも》ちでこっちを見た。

「よくやったよ、姉ちゃん。よくやった」

するとお壱与は初めて鼻の穴を広げた。笑っているつもりらしいが、やはり何とも言えぬ狆《ちん》くしゃだ。と、松の木の下に大太鼓《おおだいこ》が出され、どどんと腹の底に響く音を打ち鳴らした。見物人がまた昂奮《こうふん》して、囃し立てる。

「大喰い会がこうも面白ぇとはなあ」

「おうよ。いい勝負だった」

背筋がぞくぞくとしてくる。

「よく頑張った、天晴《あっぱ》れだよ、姉ちゃん」

佐平は途方もない高揚感で揺れていた。

二月に入って、今度は谷中《やなか》の寺で大会が開かれた。参加料が要らない分、賞金も十両と落ちる。しかしお壱与はそれも悠々と勝ち抜いて勝者となった。その次は吉原の妓楼で開かれた余興《よきょう》で、これには日暮里に出ていた者が何人か参戦したが、もうお壱与の敵ではなかった。

「姉ちゃん、こんな大枚、危ないからね。あたしが預かっとくよ」

佐平は最初の褒賞を受け取った時に言い含め、以来、己の手文庫《てぶんこ》に納めてある。貯《たくわ》えた額は、そろそろ六十両ほどになるだろうか。有難いことにお壱与の頭の中は相変わらずの曇《くも》り空、いつも「うん」と頷《うなず》くだけの御《ぎょ》しやすさだ。大会の帰りに膨らませる。

「褒美《ほうび》に何か買ってやろう。帯締めはどうだい」とねぎらえば、嬉しそうに小鼻を
「お汁粉が食べたい」

佐平は吐き気をこらえながら、汁粉を奢《おご》ってやった。茶漬けや煎豆《いりまめ》の大喰いを傍《そば》でさんざん見ているので、常に腹が一杯の気分だ。朝夕の膳もとんと食べる気がしない。

「お前さん、近頃、痩《や》せちまって、何なの、その貧相。目の玉だけがぎょろぎょろしてるじゃないの。また、悪い女に引っ掛かってるんだ。女癖《おんなぐせ》だけは一人前なんだから」

お初は口の端を歪《ゆが》ませて、嘲笑《ちょうしょう》してくる。

「あたしは大事な仕事をしてるんだ。口を出すんじゃない」

びしりと言ってやると、お初は眉を逆立てた。常日頃はほとんど佐平がやられっぱなしであったので、女中らも呆気《あっけ》に取られている。

「何よ、えらそうに」

ぷいと横を向いて、自室に引き上げて行った。

見てろ、そのうちもっとぎゃふんと言わせてやる。あと二十両なんだ。それさえ

作れたら、お前をこの家から追い出してやる。

佐平は片頰で笑いながら、お初の後ろ姿を睨んだ。

そうそう、お紺に文《ふみ》を出しておいてやらないと、さぞ案じていることだろう。

このところ、なかなかお紺の許に通えないのである。大喰い会は今、江戸で大流《は》行《や》りしていて、しかし喰い物をよく確かめて参加を申し込まねばならない。猫舌のお壱与は辛《から》い物も苦手なので不利だ。かつ早喰いだけを競う会も避けねばならない。お壱与は何を口に入れても、それを味わうのである。そんなこんなで、佐平は二月の末になっても忙しい。むろん、お壱与の機嫌取りも仕事のうちだ。

「姉ちゃん、酒はどうだい。酒合戦にも出てくれないかってぇ話があるんだけどね」

揉み手をして、上目遣いで訊く。

「お酒はそんなに。精々、二升くらいしか」

「二升なら充分だよ。え、ほんとなの。あたしはほとんど下戸《げこ》だよ。お父っつぁんもあまりいける口じゃなかったし」

「じゃあ、おっ母さんに似たのかなあ。毎晩、欠かさず七合くらいは呑んでたもの」

「ほんの寝酒よ。おっ母さんが本気になったら、斗酒《としゅ》も平気。あたしの祝言《しゅうげん》の日も、よく呑んでたじゃないの」

知らなかった。よくよく考えれば、母親や姉など気に留《と》めたこともなかった。

「そうか。姉ちゃんの大喰いも、おっ母さんの大酒の血を引いてるんだな」

ますます心丈夫だ。と、お壱与が口をもぐりと動かした。言葉を発したい時にする癖であることも、今の佐平にはわかる。

「何だい。大福、買いに行かせようか。それとも屋台の天麩羅《てんぷら》がいいかい」

「ねえ、佐平。近頃、うちの品物、落ちてるんじゃないの」

突如、妙なことを言う。

「うちの品物のことかい。そんなの、番頭にまかせてりゃいいんだよ」

「でもこの匂い、古くなり過ぎてる」

「気のせいだよ」

「昆布は寝かせた品物の方がいい出汁がでるけど、それも扱い方があるよ。紙にくるんで大切に寝《やす》ませてあげないと悪くなる。それに大豆だって、そのうち虫が湧いちゃうよ」

「そんなに」

「なら言うけど、うちはね、贈答に使う鰹節を扱うようになったんだ。わかるかな」

武家でも町人でも、祝い事では鰹節の贈答が欠かせない。昇進や出産、年寄の還暦《かんれき》や喜寿《きじゅ》などでは鰹節が山と届くので、どの家も持て余してしまう。それを安く引き取って包み直し、今度は贈る側に届ける。同じ鰹節がぐるぐると、江戸市中を泳ぎ回っている恰好《かっこう》だ。

この方法を考えついたのは番頭の甚兵衛で、仕入れのやりくりが格段に楽になると言っていた。

「皆、家内で使う鰹節は別に買い求めるだろう。だから贈答品は物の良し悪しなんぞ、どうでもいいんだよ。形が立派ならそれでいい」

ふうんと、まだ不得要領《ふとくようりょう》な顔つきだ。

「姉ちゃんは商いの心配なんぞしないで、喰うことだけ考えてりゃいいんだよ。じゃあ、大酒会も申し込むからね」

こくりとお壱与は丸い顎を引いた。佐平は自室に戻って出掛ける支度をする。大喰い会、大酒会を主催する者らと見知りになっていて、これからどこでどんな会を開くかを教えてもらうために方々を出歩いている。

そこに、女中が文を持ってきた。奉書紙《ほうしよし》の包みに「お招きのこと」と上書《うわがき》してあり、差出人は「満腹連《まんぷくれん》」と記してある。連を組んでいるのはたいてい、暇な通人らだ。さてはと思って中に目を通すと、あんのじょうだった。

来たる三月三日、根岸《ねぎし》の料理屋にて大食会を開く段に至りて候《そうろう》。ついてはぜひ、高名なる濱屋お壱与どのに御来臨《ごらいりん》を賜《たまわ》りたく、謹《つつし》んで願い上げ奉《たてまつ》り候。誠に不躾《ぶしつけ》ながら、勝者には百両の御礼を差し上げたく候。

えっと声を洩らし、佐平は瞼をこすった。件《くだん》の箇所を読み返すと間違いない、百両と書いてある。その日は別の会があって参加料も納めてあったが、迷うことなく根岸に鞍替《くらが》えを決めた。

百両が手に入ったら、締めて百六十両の稼ぎだ。お初と別れても、あたしの手許に八十両が残るじゃないか。ああ、あと少しの辛抱《しんぼう》だ。そしたら万事、思い通りになる。

待てよ。姉ちゃんにはどこかに家を借りた方がいいな。でないとお紺がびっくりする。そうだよ、姉ちゃんをこの家にずっと置いとくってぇ法はないんだ。小女《こおんな》をつけて飯さえ喰わせておけば、で、時々、大喰い会に出せばずっと金子が転がり込んでくる。

姉ちゃんは福の神、いや、福袋だ。

佐平は己の思いつきが気に入って、雀躍《こおど》りしながら返事をしたためた。

三月三日の夕暮れ、二挺《ちょう》の駕籠を奢ってお壱与と共に根岸に向かった。着いた料理屋の前庭はめっぽう広く、通された二階の座敷からは春の隅田川《すみだがわ》が見渡せる。床《とこ》の間には白い瓶子《へいし》に桃花の大枝が、その前の板敷《いたじき》には緋毛氈《ひもうせん》の上に男雛《おびな》女雛《めびな》まで飾ってある。気分がますます爛漫《らんまん》となって、佐平は羽織の紐《ひも》を結び直した。

やがて五人の男が、座敷に入ってきた。睨んだ通り、皆、通人らしい恰幅《かっぷく》だ。それぞれが愛想《あいそう》よく名乗った。捌《さば》けた物言いの唐物《からもの》屋に薬種《やくしゅ》屋の主、狂歌《きょうか》師や浮世絵師、そこに二本差しも交じっている。当節は洒脱《しゃだつ》なお武家が増えているようで、この満腹連も元は狂歌の仲間であるそうだ。

お壱与は戸惑《とまど》って、ろくな挨拶《あいさつ》もできない。佐平が肘《ひじ》で突《つつ》くと、「よろしゅうお頼み申します」と山出《やまだ》しの女中のような頭の下げ方だ。すると満腹連の一人が膝を前に進めた。唐物屋の主とかいう男だ。頭に白いものが交じり、お壱与を離縁した松宗の主くらいの歳頃に見える。

「お壱与さん、満腹連の雛の節句《せっく》にようこそお出まし下さいましたな。本日、行司を務めますのは私、雁金屋《かりがねや》の羽左衛門《うざえもん》にございます」

お壱与はまだ、目も上げられないでいる。

「皆さん、やっとお壱与さんの食べようを近間《ちかま》で拝見できますな。心願成就《しんがんじょうじゅ》だ」

羽左衛門が仲間を見渡したので、座敷に満足げな笑みが広がった。

「ご存じなんですか、姉の喰いようを」

佐平が訊《たず》ねると、「もちろん」と首肯《しゅこう》した。

「いつでしたかな、たまたま寺の門前を通りかかって、そしたら大変な歓声が聞こえてくる。私は賑《にぎ》やかなことに目がありませんで、さっそく見物料を払って境内に入ったんですよ。いやあ、驚いたの何の。正直申しまして、私は呑み喰いを競う催しが好きではありませんでしてね。何と言いましょうか、食べ物を粗末《そまつ》に扱っているような気がして鼻白《はなじろ》んでしまうんですよ。ところが、お壱与さんは召し上がり方が綺麗だ。しかもちゃんと味わってなさる。感心しているうちに、いつのまにか懸命に応援していましたよ。ああも夢中になって他人様に声を掛けたのは、久しぶりでした」

女中らが酒と肴《さかな》を運んできた。朱塗りの盃《さかずき》に、上品な和《あ》え物が色絵の小鉢に盛りつけてある。

「それを満腹連の仲間に話しましたら、ぜひとも観たいと言いましてね。お壱与さんが出られる会には必ず伺っていたんですよ。皆で追っかけてました」

佐平は如才《じょさい》なく礼を言った。無尽講の銭を持ち逃げするような仲間とは大違い、皆、ひとかどの人物ばかりであることが着物や所作《しょさ》でわかる。あたしもとうとう、こういうお人らの仲間入りかと思うと、胸が躍りそうだ。

「そうこうするうちに、毎年、開いている雛の節句の宴《うたげ》にお招きしたいものだと思いつきましてね。なるほど、その方がゆるりと拝見できると皆も賛同してくれたので、文を差し上げた次第です」

また愛想笑いを返し、入り口に目をやった。

「して、対戦相手の皆さんは」

「今日は二人対決です。文でもそうお知らせしてあったと存じますが」

「はいはい、そうでした」

百両に目が眩《くら》んで細部を憶《おぼ》えていなかったが、ともかく相槌《あいづち》を打つ。

「そろそろ着くと存じますよ。ああ、おいでなすった」

襖《ふすま》を引いて現れた男を見て、佐平は尻ごと後ろに飛び退《の》いた。座敷が一気に狭くなる。身の丈《たけ》六尺、五十貫はありそうな巨《おお》きな男だ。

「ご承知かと存じますが、関脇《せきわけ》をお務めの雲竜《うんりゅう》周五郎《しゅうごろう》さんです。満腹連とは昵懇《じっこん》の仲でしてね。今日の思案をお話ししたらば、喜んで参加して下さいました」

相撲取りと対決だなんて、書いてなかったじゃないか。それは断じて書いていなかった。

しかし羽左衛門は烏帽子《えぼし》を頭にのせ、機嫌よく手を鳴らす。すると裾《すそ》を引いた芸妓衆がなだれ込んできた。三味線に小太鼓、鼓《つづみ》を手にし、賑やかに華やぐ。そこに男衆《おとこし》らが四人がかりで大盃を二つ運んできた。

雲竜とお壱与は金屏風《きんびようぶ》の前に並んで坐っている。

「では、満腹連が春の催し、大喰い会を始めるといたしましょう。決まりは簡単、こちらからお出しする物を綺麗に平らげていただくだけにござります。口明けは白《しろ》酒《ざけ》、それから菱餅《ひしもち》、赤飯、鯛蒲鉾《たいかまぼこ》、茹で卵、煮豆、次いで清酒に戻り、肴には鶉《うずら》の焼き物、仕上げは羹《あつもの》となっております。刻限は明《あけ》五ツまでござりますゆえ、ごゆるりとお取組みのほどを願います」

羽左衛門が「始めぇ」と、軍配団扇《うちわ》を振った。

口明けの白酒といえども、女子供が節句で舐《な》めるような可愛《かわい》いものではなかった。一升五合が入る、万寿無量盃《まんじゆむりようはい》という大盃になみなみと注がれているのである。

雲竜は「甘い」と顔を顰《しか》めつつ、その後は一度も口を離さずに呑み干した。お壱与も負けてはいない。盃は自分では持ち上げられない重さなので佐平が助《す》けてやり、次いで菱餅五十個に取り組んだ。砂糖や黄粉《きなこ》が入った大鉢が添えてあり、お壱与はのんびりとそれをまぶしては味わっている。

「姉ちゃん、そんなの掛けたら腹が膨れるじゃないか」

「だって、こうした方が美味《おい》しい」

雲竜はむろんそのままを口の中に放り込んでいく。赤飯は一升とのことで、盥《たらい》のごとき大きさの櫃《ひつ》が持ち込まれた。女中がしゃもじを手に各々《おのおの》の傍に控え、大椀に盛っていく。雲竜はもう五杯め、いや六杯めだ。お壱与はやっと菱餅を終え、「ご馳走《ちそう》さまでございました」と空の盆に辞儀をした。

「そんなのいいから、急いで」

「お白湯《さゆ》が欲しい」

それが届くのを待って、しかもふうふうと冷ましてからゆるりと咽喉を動かした。雲竜の櫃の中はもう底が見えかかっている。

「姉ちゃん、早く早く」

焦《あせ》って急《せ》かすと、背後から「濱屋どの」と呼ばれた。

「そこは行司にまかせて、こちらで寛《くつろ》がれよ」

振り向けば、上座《かみざ》のお武家が手招きをしているではないか。

そうは言ったって、こっちは人生が懸かってるんだ。

肚《はら》の中でぼやいたが確かに咽喉が渇いているし、満腹連の機嫌を取っておくのも余禄《よろく》になりそうだ。「では、お言葉に甘えまして」と仲間に加えてもらい、三味線や小太鼓を聞きながら屛風前を見つめる。

頑張れ、姉ちゃん。次は鯛蒲鉾だ。


目を覚まして、辺りを見回した。一瞬、ここがどこだかわからない。

蠟燭《ろうそく》が四方を照らしている。脇息《きようそく》にもたれて寝入っている連中が見えて、ああ、そうだ、根岸の料理屋だと思った。芸妓らも三味線や鼓を膝の上に抱えたまま、舟を漕《こ》いでいる。

屛風前に目をやれば、雲竜とお壱与は喰っていた。

「姉ちゃん、大丈夫かい」

うんと頷くものの、息が苦しげだ。腰を上げて傍に近寄った。行司役が途中で入れ替わったらしく、まだ若い狂歌師が烏帽子をかぶっていた。

「鯛蒲鉾三十、茹で卵三十、煮豆を五合、清酒は一升五合。お二人とも、見事に食べておられますよ」

だが雲竜は大きな躰を横に揺らし、鼻から大息を吐いた。

「かように喰うのは、生まれて初めてかもしれねえ。えらいことを引き受け申した」

鶉の焼き物を手に取るのも大儀そうだ。一方、お壱与はやっと酒を呑み干し、鶉に取り掛かる。骨つきの三十羽《ぱ》が大皿に盛られている。

「塩焼きかと思ったら、お醬油を塗《ぬ》ってある」

「この期《ご》に及んで、味わわなくていいったら」

「でも硬い。焼いてから時が経《た》ってるものね」

咀嚼するのに手こずっているようだ。並の女ではないものの、さすがに顎の力は男にかなわない。しかも相手は関脇だ。佐平はじっとしていられなくなって、上座を振り返った。

「皆さん、起きて下さいよ。こんなに二人が喰ってるのに、見物衆がいなけりゃ張り合いがないじゃありませんか」

一人が半身を起こし、また一人と起きて顔を見合わせている。

「つい酒を過ごしてしまいましたな。これは申し訳ないことを」

「ん。不覚を取り申したの」

「行司役、代わりましょう。あなたは一休みなすって」

わさわさと動き出した。

「ほう、互角の闘いを続けていなさるか」

誰かが勝負の行方に気づいてか、屏風の前に近づいた。皆が腰を上げ、間近に坐る。その背後で、芸妓が清搔《すががき》を奏し始めた。

「いよッ」

小太鼓や鼓も鳴る。一寝入りした連中は元気を取り戻してか、「雲竜ッ」「お壱与ッ」とそれぞれに声を掛け、扇子《せんす》を広げて舞う。丑三《うしみ》つ刻《どき》の座敷が、やにわに賑わいを取り戻した。

しかしお壱与の喰いっぷりは明らかに落ちている。目を凝《こ》らすと、こめかみに脂汗《あぶらあせ》が浮かんでいるのがわかった。

「姉ちゃん、大丈夫かい。もう駄目なら白旗を上げるよ。い、いや、頑張れるんなら止めやしないけど」

「白旗なんて上げない。あたしには、これしか能がないもの」

明け方が近づいて、羹《あつもの》が出てきた。鶴のつみれと大根の薄切りに澄まし汁が張ってあり、三ツ葉が飾ってある。全部で十椀ある。

「汁物は腹が膨れるばかりだ」

雲竜が不平顔をしたので、佐平も尻馬に乗った。

「さようですよ。羹を何か、別の品に」

最後に羹十椀など、猫舌のお壱与には不利が過ぎる献立《こんだて》だ。しかし行司役に「これが勝負ですぞ」と、あっさり寄り切られた。お壱与はやっと鶉を喰い終え、椀の蓋を取った。小鼻を広げ、香りを味わうように椀を持ち上げる。まず汁を吸ってから、箸を動かしている。

「熱くないのかい」

「うん。ちょうどいい加減よ。出汁は土佐《とさ》の鰹節に、昆布は松前《まつまえ》」

すると満腹連の誰かが「鶴は」と訊いた。

「鶴はいずこの生まれか知らねども、一晩、酒に切り身を浸して滋味《じみ》を磨《みが》いたものと存じます。大根は練馬《ねりま》の産、三ツ葉は瑞々《みずみず》しさから察してこの近くの朝摘《あさづ》みかと。ほんに、結構なお仕立てです」

満腹連は口を揃《そろ》えて「ほほう」と息を洩らし、芸妓らも音を止めて目を丸くしている。が、その間に雲竜は椀ごと喰らう勢いで突き進んでいるではないか。

「姉ちゃん、急いで」

するとお壱与は初めて横に坐る雲竜を見上げ、俄然《がぜん》、速度を上げ始めた。一気に汁を呑み、それから具を口に入れる。咀嚼している間にまた次の椀の蓋を取り、呑む。

「あと少し、あと一椀だっ」

お壱与が最後の具を口に入れたその時、雲竜が口から椀を離した。皆に見えるように椀を持ち変え、正面に向かって腕を伸ばす。そのまま左から右へと動かしたが、椀からは一滴も零《こぼ》れ落ちない。

雲竜はすべてを呑み干していた。

行司役に戻っていた羽左衛門の軍配団扇が、すっと動く。

お壱与は口に三ツ葉を挟んだまま、仰向けに倒れた。

佐平は久しぶりに店の帳場に坐った。大福帳を繰《く》ると商いはますます左前で、番頭の甚兵衛を問い質《ただ》したいが、今日も外に出たっきり帰ってこない。

帳場机に頬杖《ほおづえ》をつき、はあと息を吐く。離縁の話し合いを思い返すと、また気が重くなる。お壱与を担《かつ》ぎ込んだ朝、お初は容態《ようだい》を心配もせずに言い放ったのだ。

「何てぇ姉弟《きょうだい》なんだろう。弟が甲斐性《かいしょう》無しなら、姉は竈の灰まで喰らう貧乏神じゃないの」

頭に血が昇って、「何だ、その言い草は」と叫んでいた。

「お前には、ほとほと愛想が尽きた。出てけ、離縁だ」

あっと思ったが、お初はすかさずその言葉に喰らいついた。

「今、言ったわよね。離縁だって言ったわよ」

慌《あわ》てて己の口をおおったが、もう何もかも遅かった。その日のうちにお初は里に帰り、夜には仲介人がやってきた。

お初もとうに別れたがっていたのだ。しかし己から切り出せば、持参金を放棄《ほうき》しなければならない。それが惜しかったのか、それとも姉妹から「粘るだけ粘った方が得だ」と入れ知恵されたのかもしれない。佐平が離縁を言い出すのを、手ぐすね引いて待っていたのだ。

仲介人が言うにはお紺との仲も調べ上げていて、

「密通《みっつう》を御公儀《おかみ》に申し立てるのも気の毒なことであるので、慰謝《いしゃ》として五十両積んでくれれば黙っていようとおっしゃってますがね。どうされます」

そもそも、お紺をお初に引き合わせて正式に妾《めかけ》奉公させれば、密通などを持ち出されずに済んだ話だ。だがお初にそれを申し出るのは気ぶっせいで、しかも妾として囲うには先立つ物がなかった。

佐平はまた溜息《ためいき》を吐き、店の天井を見上げる。

「百三十両も払う破目《はめ》になるとは」

声にならない独り言を洩らした。

手文庫の中にあるのは、六十両ぽっきりだ。あと七十両もどうすりゃいいんだ。どこかで借りるか、それともいっそこの店を畳んで何もかも売り払ってしまおうか。あの満腹連の誰か、融通してくれないかなあ。いや、いっそ雲竜さんを訪ねてみようか。百両をまんまと目の前から攫《さら》っていっちまったんだから、少しくらい貸してくれても罰《ばち》は当たるまい。いや、どうだかなあ。たった一度会っただけの人間に、そんな大金、右から左に出してくれるわけないよなあ。

物音がして顎を下げると、お壱与がのろのろと店先に出てきていた。大豆袋や鰹節の箱をいじっている。その姿を見るだけで、苛々《いらいら》する。

「店に出てくるんじゃないよ。奥にすっ込んでなよ」

「でも、もう何ともないから」

お壱与は濱屋に帰ってから、次の日の夕方まで寝ていた。どうやら寝が足りなくて倒れたようで、吐きもしなかったのだ。やっぱり大喰い会で稼ぐしかないかと、横目で見た。

そうだな、それしかないよな。いや、まずは借金をして縁切金を払わないと、間に合わないじゃないか。

仲介人からは「三月中に」と期限を切られていた。それからお壱与に稼がせて、褒賞を借金の返済に充《あ》てる。そんな段取りを考えるだけで、うんざりしてくる。

「お邪魔しますよ」

暖簾を潜《くぐ》って入ってきたのは、満腹連で行司を務めた雁金屋の羽左衛門だ。つれがいて、同じ連仲間のお武家である。供の者もぞろぞろと中に入ってきて、店の中が途端《とたん》に暑苦しくなった。

座敷に案内して早々に、羽左衛門から用件を切り出された。

「お毒見役ですか」

訊き返すと、羽左衛門が「さようです」と首肯した。

「詳しいことは申せませんが、さるお大名家で姫君付きのお毒見役を探しておいでてな。姫は五歳になられたばかりですが、大藩の若君との縁組が決まっておられる。ただ、下々《しもじも》には計り知れぬ事情が出来《しゅったい》いたし、御婚礼の日まで何としてでも姫君の御身《おんみ》をお守りせねばなりません」

ややこしそうな話だ。隣に坐るお壱与を窺い見たが、相も変わらずぼんやりと坐っている。

「で、お壱与さんに白羽《しらは》の矢をお立て申したというわけです」

「うちの姉にそんな難しそうなお役、とても務まるとは思えませんが」

「いいえ、食べっぷりから行儀はむろんのこと、食べ物の素性《すじょう》がわかる舌の力がお見事と、香川《かがわ》様も仰《おお》せです」

隣の武家に頭を下げ、相手も目で頷いた。

「さまざまな会でお壱与さんを拝見して適任ではないかとお話し申し上げましたら、香川様がご自身の目で確かめたいと仰せになりましてな。それで根岸にお招き申し上げた次第です。ご内聞《ないぶん》に願いたいが、香川様はそのお大名家の奥向《おくむき》にお仕えになっておられるご用人《ようにん》にあられます」

　羽左衛門はお壱与に目を移し、「いかがです」と訊ねた。

「ご奉公されませんか。お扶持《ふち》も頂戴《ちょうだい》できますから、弟御を頼りになさらずとも、これからは自らの口を自身で養っていけますよ」

「あたしが、あたしを養う、んですか」

「大喰い会でも稼いでこられたでしょうが、そう長くは続けられないでしょう。江戸の流行の移り変わりは激しいですから」

「でもお大名家の奥など、あたしのような者にはとても」

　すると、香川という武家が「いや」と口を開いた。

「勝負の懸かった窮地《きゅうち》にあっても急《せ》かず慌てず、なかなかの胆力《たんりょく》と見受けたぞ。町方のおなごはとかく口数が多うていけぬがその方は落ち着いておるし、いざとなれば機転もきく。それで良い」

　そうか、これは出世話なのだと、佐平は目の前がまた開けるような思いがした。

「そうなんですよ。うちの姉は福袋、いえ、福の神でしてね」

　すると羽左衛門が眉を曇らせた。

「濱屋さん。あなたが姉さんを使って稼いでることは、方々で評判になっていますよ。悪いことは言いません。姉さん頼みはもうよして、家業に精をお出しなさい。

でないと、お壱与さんはいつか躰を壊します」

「何を言ってるんです。あんたらだって毒見役を勧めにきたんでしょう。そんなの、生きるか死ぬかじゃありませんか」

香川が「いや」と、頭を振った。

「毒見役は一人で担《にな》うものではない。他に何人もおるうえ、昨今、命を落とすような毒など入ってはおらぬものよ。念には念を入れるためのお役だ」

「けど、姫君の御身を守るお役だって言いなすった。姉ちゃん、こんな話、断ろう」

声を荒らげると、お壱与はやっと客の二人に眼差《まなざ》しを向けた。

「あたし、大喰い会に出るのは厭《いや》じゃありませんでした。だって、嫁ぎ先で嫌われながら自分でもどうしようもなかったこんな性《しょう》が弟の役に立ったんですから。人前に出るのは今でも好きではありませんけれど、他人様に感心してもらえるのは少し嬉しくもありました。これも弟の欲がきっかけです。姉としては、可愛い欲なんです」

そしてお壱与は膝前に手をつかえて、深々と頭を下げた。

「ふつつかではございますが、ご奉公させていただきたく存じます。この舌と胃の袋でもって、必ずや姫様をお守り申します」

佐平はしばらく、開いた口がふさがらなかった。

三日の後、お壱与は濱屋を出た。香川の屋敷に住み込んで、まず行儀見習いをすることになったのである。迎えに訪れた者らはそれは丁重《ていちょう》で、お壱与を下にも置かぬ扱いで付き添った。近所の者が皆、通りに出てきて「大した出世をおしだねえ」と見送った。

奉公の話がもたらされた日の夜、お壱与は行きつ戻りつしながらこう言った。

「このままあんたの厄介《やっかい》になっていても、食べて迷惑をかけるばかりだもの。大喰い会の人気がなくなったら、褒賞金も稼げなくなるでしょう。お毒見役は一生奉《いっしょうぼう》公《こう》だそうだから、あたしのことはもう放念してくれていいからね。佐平も躰に気をつけるのよ」

何だか、姉に見限られたような気がした。佐平はふんと鼻を鳴らし、隣町に向かった。

七十両くらい、己の力で作ってやるよ。あたしが本気になったらお茶の子だ。

その前にまず、お紺だ。女房と別れたと告げてやったら、どんな声で喜ぶだろうか。想像するだけで頰が緩《ゆる》む。角を折れると、随分と久しぶりな気がした。

表戸に手を掛けて引いたが、まるで動かない。心張棒《しんばりぼう》がかかっているようだ。

拗《す》ねてんのかな、お紺の奴。しばらく放っておいたもんな。

それとも買い物に出てるのだろうかと裏に回ると、「旦那」と呼び止められた。

見れば裏の長屋に住む女だ。ちょくちょく顔を合わせたことがある。

「お久しぶりでござんすねえ」

「お紺、留守にしてるんですかね」

「おや、ご存じないの。越しましたよ」

女は手にしていた水桶《みずおけ》を足許に下ろし、「あら、あらあら」と掌を横に振った。

「本当に知らないんだ。お紺さん、いいお相手ができてね、一緒になったんですよ」

「一緒にって」

「だから女房になったんですよ。やだ、てっきり旦那とは切れたと思ってたけど」

「いつからです、その男とは」

「いつ頃からだったかしらん」と、女は黒目を上に向けた。

「年が明けてからだわねえ、ここんちに入る姿を見かけるようになったのは。なかなかいい男なのよ、煮売り屋らしいけど。で、手頃な家が見つかったから、夫婦で呑み屋を始めるって。ちょいと旨い小鉢を出したりするお店」

佐平は棒立ちになって、「ちょいと旨い小鉢」と鸚鵡《おうむ》返しにした。

「旦那。恨《うら》んだりするんじゃありませんよ。あんた、女房持ちなんでしょ。これに懲《こ》りてね、お内儀さんと仲良くしなすったら」

踵《きびす》を返した佐平の背中に、お初に負けず劣らずの毒矢が何本も突き刺さる。

「お紺さんは旦那の手に負えるような女じゃありませんよ。あんたみたいな男を転がすの、面白がってただけなんだから」

そのままどこをどう歩いたものやら、店に辿《たど》り着いた時分にはもう日が暮れかかっていた。暖簾を潜ると、小僧が板間に腰掛けている。

「何だね、お前は。小僧の分際でそんな所に坐ってんじゃないよ。店仕舞いをしなさいよ。甚兵衛は」

「ついさっき、出て行かれました」

「こんな時分から、どこに行ったんだい。まったく、ここんとこ、ろくすっぽ店にいないじゃないか」

「番頭さん、お店を退《ひ》かせていただきますって」

「何だって」

「濱屋はもう終《しま》いだから、お前も奉公先を見つけた方がいいって言われたんですけど、おいら、どうしたらいいんだか」

急に洟《はな》を啜り上げる。

「どういうことだい、終いって、そんな馬鹿な」

帳場に飛び込んだ。大福帳を繰るが、手が震える。

「贈答品の鰹節、ぐるぐる回してたんだろう。それで店もうまく回るって」

大福帳を広げ、算盤を帳場机の上に置いた。しかしよほど長い間使っていなかったものか、珠《たま》がくっついて動かない。

うちは潰《つぶ》れるのか。

そう思ったきり、動けなくなった。己が空袋《からぶくろ》になったような気がする。

躰の中で、ひゅううと風の音がした。

びっくり水

中島久枝

1

外はまだ暗い早朝、階下の仕事場からごとごとという音がする。母の里《さと》が小豆《あずき》を煮《に》ているのだ。十歳のおみちは布団《ふとん》にくるまったまま、ぼんやりした頭で思った。

「そうか。おとっちゃんは、昨日《きのう》も帰って来なかったんだな」

ちゃんちゃんこを引っかけて仕事場に行くと、かまどに火が入って、大鍋は白い湯気《ゆげ》をあげていた。外は冷たい風が吹いているが、赤い火の入ったかまどの近くは暖かい。

「おかっちゃん、びっくり水を入れるの?」

「ああ。今からだよ」

里は答えた。

「よかった。間に合った」

おみちは息を止めて鍋の中をのぞきこむ。大鍋の中ではぐらぐらと湯が沸《わ》いて、赤い小豆の粒が上がったり下がったりしている。

鍋の湯が熱くなり、波立ち、せりあがって、今、まさに吹きこぼれそうになった、その一瞬、里が茶碗の水を注《そそ》いだ。

途端に、鍋は静かになる。

さっきまでの大騒ぎが嘘《うそ》のように、表面が平らになった。透き通った湯の底に赤い小豆が沈んでいるのが見えた。

びっくり水は差し水ともいう。豆などを煮るとき、冷たい水を入れて温度を下げると、中まで火が入ってやわらかく煮あがるのだそうだ。

「面白《おもしろ》いねぇ、おかっちゃん」

「そうかい。そんなに面白いかい。おみちは菓子屋《かしや》になるといいねぇ」

里はやさしい声で言った。

川上屋《かわかみや》は浅草《あさくさ》の観音様《かんのんさま》の裏手にある菓子屋だ。父の正吉《まさきち》、母の里、おみちを頭に六歳の昇太《しょうた》と四歳の勘助《かんすけ》の二人の弟がいる。

正吉は菓子屋の三代目で腕のいい職人だ。おいしいあんこを炊《た》いて、そのあんこを使ったおはぎと饅頭《まんじゅう》は近所でも評判だ。

だが、正吉は働かない。頭が痛いとか、腰が痛い、やる気にならないと言ってしょっちゅう仕事を休む。そのくせ夕方になると、やれ町内の寄り合いだ、祭りの相談だのと、なんやかやと理由をつけて出かけてしまい、夜遅く、時には朝まで帰ってこない。

そんなことをしていたら、家族みんな干上《ひあ》がってしまう。困った里があんこを炊くようになった。饅頭も羊羹《ようかん》もつくれないけれど、最中《もなか》なら皮にあんこを詰《つ》めるだけだし、おはぎはおこわを蒸《む》してあんこをつけるのだから里でもなんとか形になる……というわけである。

店を開けると、近所の長屋に住む大工《だいく》の金吉《かねきち》がやって来た。

ちらっと店先に目をやって言った。

「なんだ。今日も正さんはいねぇのか。饅頭をもらおうかと思っていたのに。しょうがねぇなぁ。じゃあ、おはぎ二個」

「あい、すみません」

里は困った顔で急いでおはぎを包む。

「おはぎは半殺しが好きなんだけど、あんたんところは、この頃いつも、月知らず。夜船《よふね》って奴だなぁ」

「ほんとに、すみません」

顔を赤くして、また里は頭を下げる。

半殺しというのは、おこわをかるく搗《つ》いたものをいう。搗かずにつくれば「月（搗き）知らず」。いつ着いたか分からないから「夜船」。これは帰って来ない正吉への当てつけだ。里だって、半殺しにした方があんこと馴《な》染《じ》みがいいことぐらい知っている。だが、子供の世話があるから、そこまで手が回らないのだ。

おみちの目から見ても、里の炊いたあんこは素人《しろうと》臭い。汁気が多くてゆるかったり、固すぎたり、その日によってずいぶん違う。そこへいくと、正吉が炊いたあんこは固さもほどよく、小豆の皮がぴかぴかと光っておいしそうだ。

——おとっちゃんのあんことおかっちゃんのと、どこが違うんだろうねぇ。

以前、おみちは正吉にたずねたことがある。

——そりゃあさ、おかっちゃんのは煮豆で、俺が炊くのはあんこだからだよ。

正吉は誇らしげに答えた。

——煮豆とあんこは違うの？

——なんだ、お前。菓子屋の娘のくせして、そんなことも知らねぇのか。いいか。煮豆は惣菜《そうざい》だ。飯を食うためのもんだ。だけど、あんこは違う。菓子なんだ。腹をふくらませるためのもんじゃねぇ。特別な日を祝ったり、楽しむためのもんなんだ。お彼岸《ひがん》にお盆、ひな祭りに端午《たんご》の節句《せっく》。それからお客が来たときだろ。普段じゃないから、いいんだよ。

あんこと煮豆の間には、黒々とした太い線がひかれているのである。

正吉は面倒《めんどう》臭がって粒《つぶ》あんしか炊かないけれど、本当はいろいろなあんこを炊くことができる。焦がしをいれたぱりぱりの最中皮に合わせて、水あめを入れて固めに炊いたあんこ、小豆の形を残して飾りに使うかのこの粒あん、田舎《いなか》饅頭には塩気を増やし、水羊羹にはていねいにさらしたこしあん、寒天《かんてん》を加えて強火で煉《ね》りあげる本煉り羊羹と、以前は十種類よりもっと多く炊きあげていたそうだ。

――ねぇ、どうして、そういうあんこを炊かないの？　あたしは、おとっちゃんのもっといろんなあんこを食べたい。

――ああ、まぁ、俺はじいさんに仕込まれて、一生分のあんこを炊いちまったからもういいんだ。

おみちがねだっても、正吉はそう答えるだけだった。

昼近くなって正吉はふらりと家に戻って来た。里は店でお客の相手をしており、昇太と勘助は遊びに出ている。座敷《ざしき》ではおみちが手習いをしていた。

正吉は火の入っていないこたつに足を突っ込むと、仕事場にいる里に聞こえるような大きな声で言った。

「いやあ、悪かったなぁ。もっと早く帰ろうと思ったんだけどさ。なんか、いろいろあって帰れなくなっちまったんだよ」

里の返事はない。

「おう、おみち、おとっちゃん、のどが渇《かわ》いたよ。水をいっぱいもらえねぇか」

ああ、うまい。そう言って、水を飲み干すと、正吉はごろりと寝転んだ。

「だからさぁ。ゆんべはさ、俺もすぐ帰ろうかと思っていたんだ。けど、丈太郎《じようたろう》が折り入って話があるって言うから、いっしょにつる屋に行ったんだ。そしたら、隣《となり》に知らねぇ男がいるんだよ。鬼瓦《おにがわら》みたいなおっかない顔をした男でさ。そいつが自慢するんだ」

――うちの女房は美人だ。見たら、あんたなんかびっくりする。

「悔《くや》しいから、言い返したんだ。うちの女房の方がもっと美人だって。あんたこそ、驚いて腰を抜かすって」

正吉は楽しそうに話し始める。

「そしたら、そいつが、うちの女房の方がもっと美人だ。顔なんか、高砂《たかさご》にそっくりだってさ」

高砂とは、吉原《よしわら》で人気の花魁《おいらん》である。

「うちのなんか、歌麿《うたまろ》の浮世絵から抜け出したみたいだって言ってやったよ。また、そいつがあれこれ言って、こっちも言い返して。そんで、すっかり酔《よ》っぱらっちまったんだ」

「それで、おとっちゃんは帰れなかったの？」

「そうだよぉ。面白いだろ」

「ううん……」

おみちは首をひねる。

飲み屋でたまたま顔を合わせた二人である。当然、お互いの女房のことなど知るはずもない。それなのに、なぜ、張り合わなくてはならないのか。それがなぜ、帰らなかったことの言い訳になるのか。

そのとき、すっと襖《ふすま》が開いて、里が姿を現した。その目が尖《とが》っている。

あんたはのんきに遊び歩いているけれど、こっちは夜明け前から起きて、一生《いっしょう》懸命《けんめい》あんこを炊いた。お客はあんたのあんこが食べたいと言っている。お客に謝《あやま》るのはこっちだ。食べ盛りの子供がいるのに、米びつの米は少なくなって、底が透け

て見えるほどだ。みそも、しょうゆも足りない。年の瀬《せ》はもうすぐなのに、商売も
ものの小豆や餅米《もちごめ》の払いはどうするつもりだ。

あんたは店のこと、家のこと、子供たちのこと、どう思っているのか。

今日こそ聞きたい。答えてほしい。言ってやる、言わずにおくものか、ここで引き下がってなるものか。

　そういう顔だ。

「あは」

　正吉はにっこり笑って、のんきな声を出した。

「お里はさ、笑っていた方が可愛《かわい》いよ。色も白いし、切れ長の目だからさぁ。俺はお里の笑っている顔が好きだなぁ」

　出鼻《でばな》をくじかれた里は、鳩が豆鉄砲を食らったような顔になる。

　勝負あった。

　ぐらぐら煮たって吹きこぼれる寸前だった怒りは、正吉の一言で収まってしまったらしい。

「なんか腹が減ったなぁ。たしかまだ、もらった乾麺《かんめん》があっただろ。うどんでも、ゆでようかな」

正吉は身軽にひょいと立ち上がる。

「みんなも食うだろ。昇太と勘助はどこに行った。呼んで来い」

しょうゆ色の汁がおいしそうな香りを立て、どんぶり鉢《ばち》の中で白いうどんがゆらゆらと揺れている。

「おとっちゃんのゆでたうどんはおいしいね」

昇太が言う。

「うん、おいしい、おいしい」

勘助も続ける。

「そうだろ。あったりまえだ。おとっちゃんを誰だと思っているんだ」

正吉はうれしそうに笑う。

ぐらぐらと煮立っている湯にうどんを入れて、やわらかくなったらざるにあけて水でしめる。それが正吉のうどんのゆで方だ。里も同じようにつくる。けれど、正吉のゆでるうどんの方が明らかにおいしい。やわらか過ぎず、ほどよいこしがある。うどんが生きている感じがする。

「大根からもいいだしが出るのねぇ」

「そうだよ。おめぇ、知らなかったのか」

大根の皮を細く切って入れて、しょうゆと砂糖で味をつけ、仕上げにちょいとしょうがのしぼり汁、ねぎの青いところを刻んで入れたものだ。正吉がよそ見しながらつくったのに、すこぶるつきでおいしい。みんな夢中で食べている。

「ああ、お腹いっぱいだ」

勘助が言う。

「そうだな。腹がいっぱいになると眠くなるなぁ。ちょいと二階で休ませてもらうか」

正吉はのんきな声をあげる。

結局、その日も菓子はつくらなかった。

2

「あんたのとこのおとっつあんは、この頃、全然菓子をつくらないよね。うちのおっかさんがどうするつもりだろうって、心配をしていたよ」

近くの空き地の地面に絵を描いていたら、仲良しのおきみが来て、そう言った。

おきみは近所の袋物屋の娘だ。おみちのひとつ年上だが、家には番頭《ばんとう》や手代《てだい》、仕立て物をする女たちがいるので、おみちよりもずっと大人《おとな》で、いろいろなことを知っている。

「おかっちゃんも困っているんだけど、おとっちゃんは夜になると遊びに行っちゃうから」

おみちが答えると、おきみは眉根《まゆね》を寄せた。

「あんたもねぇ、いつまでも子供みたいに、おとっちゃん、おかっちゃんって呼ぶのはやめな。ちゃんと、おとっつあん、おっかさんって言うんだよ」

「うん」

「あんたのおっかさんはおとっつあんに甘いから、結局、なんでも許しちゃうんだ。だから、あんたがしっかりしないと、だめなんだよ。このまんまだと、あんたは奉公《ほうこう》に出なくちゃならなくなるよ。昇太も勘助も食べ盛りだし、まだまだお金がかかるから」

「うん……、そうだねぇ」

「奉公人っていうのは、辛《つら》いんだよ。今みたいに、のんきにしてはいられないんだよ。分かっている?」

おきみは重ねて言う。

「うちはね、奉公人にはやさしい方なんだ。住み込みのお針子《はりこ》さんのご飯はあたしたちと同じようなものだし、時々だけどおやつも出す。楽しそうに笑って仕事しているよ。だけど、一番若い宮《みや》ちゃんは叱《しか》られて、よく物置の陰《かげ》で泣いている」

「うん……」

「下《した》っ端《ぱ》はね、姉さんたちの言いつけには、なんでもはい、はいって従わなくちゃならないんだ。だから、面倒でやっかいな仕事がみんな回ってくる。そんで、その間に自分の仕事も覚えなくちゃならない。そうでないと、いつまで経《た》っても下っ端だから」

「うん……」

おきみに一方的に言いまくられて、おみちは言葉がない。

おそらくおきみの両親がおみちの家のことを、そんな風に噂《うわさ》をしているのだろう。里や正吉からは、奉公の話は出ない。けれど、何度もおきみに言われているうちに、おみちは奉公に出るということが、避《さ》けられない、決まったことのように思えてくるのだった。

「うちのおっかさんが言っていたよ。川上屋さんも先代が生きていたら、おみっちゃんは苦労知らずのお嬢《じよう》さんで、きれいな着物を着て遊んでいられたのにって。あんた貧乏くじを引いたね」

「そんなことないよ。あたしは今の川上屋も好きだよ」

おみちはそう言い返したが、胸の奥が少し痛んだ。

川上屋はおみちのひいおじいさんが始めた店だ。ひいおじいさんは両国《りようごく》の菓子屋で修業し、浅草に小さな店を持った。ひいおじいさんとおじいさんが二人で働いていたときが、川上屋の一番いいときだった。職人が何人もいて、最中や羊羹だけでなく、季節の上生菓子《じようなまがし》や京風の干菓子《ひがし》もたくさんつくっていたそうだ。桜やあじさいやかえでを模《も》した色とりどりの菓子は、本物よりももっとあでやかで、ほっぺたが落ちるほどおいしい。上等の砂糖でつくった干菓子は、口の中ですうっと溶《と》けて甘さだけが残ったという。その頃は、小豆だけでなく、白いんげん豆やうぐいす豆、山芋を使ってあんこを炊いたから、あんこだけで二十種類以上も炊いたそうだ。

そういう菓子をつくる正吉を見たかった気がする。

だが、いろいろなことがあって職人たちも次々と去り、ついに表通りの店をたたんで今の場所に引っ越して来たのだ。

――おとっちゃんはね、今だって、本気を出せば、みんながびっくりするような菓子をつくることができるのよ。

いつか里はそんなことを言った。

けれど、おみちはおとっちゃんの本気を見たことがない。

そもそもおとっちゃんに、本気があるのだろうか。いつもふらふらとのんきに遊び歩いている正吉のどこかに、まだ本気が残っているのだろうか。

のどの奥が辛《から》くなった。

「そうだ。あたし、家の手伝いをしなくちゃいけなかったんだ」

おみちは立ち上がると、急いで家に戻った。

家に戻ると仕事場に正吉の姿があった。

「おう、おみち坊か。今からあんこ炊くから、見るかい」

「うん。見る、見る」

おみちは正吉の傍《そば》によった。かまどには大鍋がかかり、小豆がゆでられていた。

「何が出来るの？　粒あん？」

「そうだよ。もちろんんだ。川上屋の自慢は粒あんだ。俺はあんこの中じゃ、粒あんが一番好きだ。おみちもそうだろ」

「うん。おとっちゃんがつくる粒あんが一番おいしい」

「小豆の一番おいしいところはさ、皮の近くなんだ。鮭《さけ》だって、皮のところがうまいだろ。それと同じだよ。そのおいしいところを、上手《じょうず》に使っているのが粒あんだ」

そう言いながら、正吉は鍋の中の小豆を一粒へらにのせると、指で押した。小豆はわけもなくつぶれて、白っぽい身が現れた。

「よし、いい感じだ。砂糖を入れよう」

小豆粒が隠れるほど白い砂糖をたっぷりと鍋に入れる。へらで静かにかき混《ま》ぜると、汁を吸って小豆色に染まった砂糖がゆっくりと溶け、仕事場に甘い香りが漂《ただよ》った。

「おとっちゃん、あんこを煮ているのか？」

昇太と勘助が顔をのぞかせた。

「そうだよ。おっと、危ないから鍋の近くに寄るんじゃねぇぞ。入り口んところで見てろ」

正吉は歌うように言うと、またゆっくりとへらで混ぜた。

「明日《あした》、おはぎになるのか？」

「そうだな。おはぎと最中と、饅頭もつくるか」

「楽しみだ」と昇太が言い、

「たろしみだ」と勘助が続ける。

台所に行くと、里が大根を切っていた。その背中が笑っている。

おみちもうれしくなって、踊り出したくなった。

それから、家族そろって夕餉《ゆうげ》の膳《ぜん》を囲んだ。

「今日はいわしか。梅干煮だな。やっぱり、家で食べる飯はいいなぁ。一番おいしい」

「だったら、おとっちゃん、毎日、みんなで飯を食ったらいいんだ」

勘助が大きな声を出す。

「ああ、そうだなぁ。勘助には一本取られたなあ」

正吉は機嫌《きげん》よく笑う。

夕餉が終わっても、勘助は正吉の傍から離れない。昇太も正吉に背中をくっつけている。

「今日は、おとっちゃんといっしょに寝る」

昇太が言った。

「おいらも」

勘助が続ける。

「明日の朝は菓子をつくるから、おとっちゃんは早起きしなくちゃなんねぇぞ。それでもいいのか」

「いいよ。おいらもいっしょに起きる」

「おいらも」

なんでも、昇太の真似《まね》をする勘助が続く。

「あたしも手伝う」

おみちも大きな声をあげた。

「おう、お里。明日の朝は助《すけ》っ人《と》がたくさんいるぞ。よかったなぁ」

正吉は目を細めた。

次の日、店にはぴかぴかと小豆が光っているおはぎ、焦がし皮の中にたっぷりあんこが詰まった最中、ふかふかの田舎饅頭が誇らしげに並んだ。

大工の金吉が来て言った。

「おお、今朝は正さん、菓子をつくったのか。こう言っちゃ悪いけどさ、お里さんが炊いたあんことは全然違うもんなぁ」

「あい、すみません。亭主は本職だけど、あたしは違うもんで」

里は機嫌よく答える。

「じゃあ、おはぎと最中と饅頭」

その日、菓子は昼前に全部売り切れてしまった。

3

夕方になると青菜が安くなって、魚屋もおまけをしてくれる。おみちはそのときをねらって買い物に行く。まだ、あまり育っていない小松菜と少しおれたねぎを買い、魚屋で売れ残りのいわしを手にして戻る途中、正吉を見かけた。島田《しまだ》に結《ゆ》った女の人と歩いている。抱えた風呂敷包みの中身は三味線《しゃみせん》らしい。

「おとっちゃん、どこへ行くの？」

おみちが声をかけると、正吉は機嫌よく手をあげた。

「おう、おみち坊か。えらいな、買い物か？　今、帰るところだ。いっしょに帰ろうか」

そう言うと、女の人に一言、二言告げて別れた。

「あの人だれ？」

しばらく歩いてから、おみちは正吉にたずねた。冷たい風が足元を吹き抜けていき、西の空が赤く染まりはじめていた。

「ああ、あの人か。知り合いだよ。さっき、ばったり道で会ったんだ。……そうだ、この前、うちの女房はすごい美人だって自慢する人に会ったって言っただろ。それで、今日、おとっちゃんはその人がどれくらい美人か見に行ったんだよ」

「どうだった？」

「全然。たいしたことないよ。おかっちゃんの方が何倍も何十倍もきれいだ」

正吉はおおらかに笑った。

おみちが黙っていると、正吉がたずねた。

「なんだ、おみちは疑っているのか。おかっちゃんは美人だよ。ほっぺたがお餅《もち》みたいに白くて、ふっくらしてる。笑うと目がかまぼこみたいな形になる。おかっちゃんが美人でなかったら、世の中に美人はいなくなる」

正吉は歌うように言った。

「うん。そうだね。おかっちゃんはきれいだ。美人だよ」

おみちは答えた。

里のきれいさは、ぱっと見てすぐには分からない。よく見ていると、じんわりときれいさが分かってくる、そういう風な美人だ。

反対に、正吉の顔立ちの良さは分かりやすい。

鼻がすっとまっすぐで、筆で描いたような眉で、切れ長の形のいい目をしている。

おきみには「あんたも、おとっつあんに似ればよかったのにね、残念なことをした」などと言われている。

「おとっちゃんは、おかっちゃんは、おかっちゃんのことが好きなんだね」

「もちろんだよ。おかっちゃんだけじゃなくて、おみちも昇太も勘助も好きだよ。大事だよ。みんなと笑って暮らしていきたいと思っているよ」

だったら、もっと仕事に身を入れてくれたらいいのに。

そう思うけれど、おみちは言えない。

「飴《あめ》なめるか」

正吉は懐《ふところ》から、紙包みを取り出した。

「なめてると、色が変わるんだ」

そう言って、正吉はおみちの手に飴をのせた。

ふと西の空に目をやると、燃え立つような茜《あかね》色に染まっていた。雲は金色の粉を撒《ま》いたように輝き、地面に近づくにつれて薄墨《うすずみ》色から鉛《なまり》色、最後は黒い影になる。

「きれいだねぇ」

「ああ。そうだねぇ」

正吉は心を奪われたように空を眺めている。おみちはなぜか急に落ち着かない気持ちになった。

「おとっちゃん」

「なんだ」

「おかっちゃんが待っているから、早く、帰ろう」

「そうか……。なら、おみちは一足先に帰りな。おとっちゃんはもう少しここで、夕焼けを見ているよ。茜色が消えると、空全体が鉛色に呑《の》み込まれるんだ。なんだかさ、世界がぐるっと一回転したような気がする。おとっちゃんはその一瞬《ひととき》が好きなんだ」

「そうか。おとっちゃんは夕暮れが好きだったね。うん。分かった。じゃあ、後から来てね」

おみちは小松菜やねぎやいわしを抱えて早足になった。

里を手伝って夕餉の支度をして待ったけれど、正吉は帰って来なかった。やっと戻って来たのは夜もずいぶん更《ふ》けてからだった。

「だけどさ、おかっちゃんはおとっちゃんのことを怒らなかったんだよ。仕方がないんだって言ったんだ」

翌日、おみちはおきみに愚痴《ぐち》を言った。

「しょうがないよ。あんたのおっかさんはおとっつあんに惚《ほ》れているから、なんでも許しちゃうんだよ。男と女は惚れた方が負けなんだ。いろいろ我慢して、損をするようになっている」

おきみは、何でも知っているという顔になった。

「だから、怒らないの？」

「怒れないんだ。でも、いいじゃないか。二人が仲良しなのはさ。そこいくと、うちのおとっつあんとおっかさんなんか、冷たいもんだよ。うちは使用人がいるから、その人たちの前で喧嘩《けんか》はできないだろ。一応取り繕《つくろ》ってはいるけど、寝る部屋もご飯も別々だし、二人が仕事以外のことを話しているのを見たことがないよ」

「寝る部屋も別々なの？」

おみちのところでは一家五人、同じ部屋で寝ているのに。

「うん。おとっつあんのいびきがうるさくて寝られないんだってさ。っていうか、ともかく一緒にいるのが嫌《いや》らしい」

「へぇ」

おきみがそういう両親のことを、悲しむでも怒るでもなく、至極《しごく》当然のことのように淡々としゃべることに、おみちは驚いた。

「だからさ、そういうのよりは、あんたんちの方がずっといいよ。あんただって、おとっつあんのことは好きだろ。そういう性分《しょうぶん》だから仕方ないって思っているだろ」

「うん、そうだね。性分だもんね」

「じゃあ、諦《あきら》めな」

正吉にはいいところがたくさんある。やさしくて、いっしょにいると楽しくて、菓子をつくるのが上手だ。もう少し仕事に身を入れてくれたら、なんにも困らないのに。

結局、話はいつもそこに戻って来てしまう。

4

夜中、おみちが目を覚ますと、階下から押し殺したような正吉と里の声が聞こえた。

「だからって、あのお金は。……あのお金だけは。……子供たちのためのお金なんですよ」

「しょうがねぇだろ。丈太郎がその金がないと大変なことになるって頼むんだからさ。十日で必ず返すって言っている」

「また、そんなことを言って……。今までのお金だって、まだ一度も返してもらってないじゃないですか」

「だからさぁ、あいつも困っているんだよ」

「……うちだって……。このまんまじゃ……」

「うるさい。返せる時が来れば返してくれるんだ。あいつを信用できねぇのか。ぐずぐず言うな」

里のすすり泣く声が響《ひび》いて来た。

おみちは布団をかぶり、息を殺していた。

——おとっちゃんは友達の丈太郎さんに金を貸した。その金は、自分たちのために おかっちゃんが少しずつ貯《た》めていたものだ。丈太郎さんに貸した金はおそらく戻ってこない。

隣で昇太が寝返りを打った。勘助がなにかつぶやいている。おみちは小さくため息をついた。

——やっぱり、あたしが奉公に出るしかないのか。

おみちはこの家が好きだ。

おとっちゃんとおかっちゃん、昇太と勘助がいるこの家が大事だ。あんこを炊く甘い匂《にお》いが家の中に漂っていて、おとっちゃんが面白いことを言い、おかっちゃんが笑うこの家にずっといたい。

けれど、それはもう無理なのだろうか。

大好きなこの家を出て、よその店で働くのだ。知らない人たちばかりの中で、おみちはやっていけるだろうか。叱られても泣かないで、頑張《がんば》れるだろうか。

おきみに何度言われても、おみちはおとっちゃん、おかっちゃんという言い方をやめなかった。なぜだか、自分でもその理由《わけ》が分からなかったが、今、分かった。おみちはこの家の子供でいたかったからなのだ。

おとっつあん、おっかさんというのは、大人の呼び方だ。大人になれば、自分の面倒は自分でみなくてはならない。

そのときが、もうすぐそこに迫って来ている。

おみちは布団をかぶって、少し泣いた。

次の朝、仕事場には里がいた。

目を赤くして一人であんこを炊いていた。

「おとっちゃんは」

「さっき出かけていった」

「どこへ？」

「丈太郎さんのところじゃないのかな」

「ふうん」

おみちはそれ以上聞かなかった。代わりに砂糖の壺《つぼ》を持って里の隣に行った。

「そろそろ砂糖を入れる？」

「うん、そうだね」

里は小豆粒をへらにのせ、指でつぶした。

「ああ、ぴったりだ。よく分かったね」

「煮汁から出ている小豆を見たらそんな感じがした。おとっちゃんは、いつもこのぐらいの感じで砂糖を入れるんだ」

「そうかぁ。そうだったんだね。知らなかった。……だけど、おみち、あんたも、もう大きくなったんだから、おとっちゃん、おかっちゃんはおかしいよ。これからは、ちゃんと、おとっつあん、おっかさんて言いなね」

おみちははっとして、里の顔を見た。里はなにも気づかぬ風で鍋をかき混ぜていた。

心配事を、おみちは自分の胸にしまっておくつもりだった。けれど、勘のいいおきみはすぐに、おみちの変化に気づいた。

「あんた、なんかあった？ さっきから様子《ようす》が変だよ」

「え、そうかなぁ」

「そうだよ。あんまりしゃべんないし、目もはれぼったいし。話してごらんよ。すっきりするよ」

それで、おみちは昨夜のことをしゃべってしまった。

「あたし、やっぱり、奉公に出ることになるのかな」

「そりゃあ、あんたのおとっつあん次第《しだい》だよ。金を貸しちまったのは、おとっつあんなんだから。あんたのことを大事に思っているんなら、なんとか奉公に出ないですむように考えてくれるかもしれないね」

「大事には思ってくれていると思うよ……」

言葉とは裏腹《うらはら》に心が揺れた。

「聞いてみたら？　あたしのことを大事に思ってくれているんですかって」

すかさずおきみが言う。

「……聞けないよ」

「そうか。そんなら、試してみたらいいんだよ、あんたたちのことを大事に思っているかどうか。いい方法があるんだ」

そう言うと、おきみは大きな声を出した。

「しのたまはく」

「火の玉を食う?」

「違うよぉ。孔子《こうし》様だよ。昔の偉い学者さんだ。こういう話があるんだよ。孔子様は一頭の白い馬を大切にしていたんだ。ある日、厩《うまや》が火事になってしまった。弟子《でし》たちは必死になって馬を救おうとしたんだけれど、馬を死なせてしまった」

帰宅した孔子は、事の次第を聞いて弟子たちが無事だったことを喜び、馬については一切何も言わなかった。

「ね、こういうときに、その人の本音《ほんね》、つまりいつも考えていることが現れるんだよ。たとえばだよ、あんたがおとっつあんの大事な壺を運ぼうとして、階段から足を踏み外したとする。おとっつあんは、あんたを心配してくれるのか、それとも、壺の方が気になるのか。そこでおとっつあんの心の裡《うち》が分かるんだよ」

「階段から落ちたら痛いよ」

「それはふりだけでいいんだよ。階段から落ちるふり。で、あんたのおとっつあんの大事にしているもんって、なんだよ」

「そうだねぇ。そんなもん、あったかなぁ」

おみちは首を傾《かし》げた。

正吉は酒好きだ。それは間違いない。そのほか賭《か》け事もちょっとする。釣りも、将棋《しょうぎ》も一通り。だけど、ものにはこだわりのない人だ。

「なんかあるだろう。釣り道具とかさ、掛け軸とか」

おきみは自分の父親が大事にしているものを言う。

「そんなもんないよ。おきみちゃんとこと違って、うちはお大尽《だいじん》じゃないんだから」

「じゃあ、そうだなぁ。茶碗とか」

「茶碗ならあるよ。いつもおとっちゃんが使っているの」

「それじゃなくてさぁ。もっと高そうなの。壊《こわ》したら、怒られそうな立派なやつ。そういうのとかないの？」

「ううん……」

しばらく考えて思い出した。

「あ、あった。二階に、木箱に入った茶碗がある。おじいちゃんからもらったもので、高いんだって」

「そう、そう、それがいい。それを、あんたのおとっつあんが見ているときに、持ちだそうとして階段から足をすべらせるんだ。そのとき、あんたのことを心配してくれるか、それとも、茶碗か」

「そんな風におとっちゃんを試すのは嫌だな」

「それなら、やめときな。別にあたしは勧《すす》めているわけじゃない。こういうやり方もあるよって言っているだけだ」

突き放すようにぷいと横を向いた。おきみは時々、こんな風にまわりの大人から聞いた話をする。お芝居《しばい》か何かにあったのだろうか。だとしたら、その結末はどうだったのだろう。めでたし、めでたしだったのか。

「ちょっと考えてみる」

おみちはそう答えた。


家に帰ると、正吉がいた。座敷に寝転んで、のんびりとしていた。

「ああ、おみち坊、帰ったのか。あれ、なんか、お前、急に背がのびたなぁ」

――ひとぉつ。

頭の中で野太《のぶと》い声が聞こえた気がして、おみちはびくりと体を震《ふる》わせた。

「そんなことないよ」

「いや、のびたよ。顔も大人びてきた」

そう言って、正吉はしげしげとおみちの顔を眺めた。

「……もう、おみち坊なんて呼んじゃいけねぇな。べっぴんの姉さんだ」

「おかっちゃんは？」

おみちはあわてて話を変えた。

「うん。口入屋《くちいれや》さんに出かけた」

――ふたぁつ。

また声がする。

おみちの胸の鼓動《こどう》が速くなって、息が苦しくなった。

おみちは急いで二階にあがった。箪笥《たんす》の開き扉《とびら》を開けると、奥の方に古い桐《きり》の箱があった。木箱は朽木色《くちきいろ》に変色していて、墨でなにか文字が書いてある。蓋《ふた》を取ると、黄色い布の包みがあった。取り出して包みを開くと、大ぶりの茶碗が現れた。抹茶《まっちゃ》茶碗と呼ぶそうだ。

全体が土壁《つちかべ》のような渋い色で、ところどころ黒い染《し》みのような模様《もよう》が浮き出ている。形も少しいびつだった。

以前、里から高価なものだと聞かされたことがある。だが、本当に価値があるものなのだろうか。

おみちは茶碗を手に持って、眺めた。古道具屋でほこりをかぶっていそうな姿だ。

「おみち、ここで何をしているの。その茶碗は触っちゃだめって言ったじゃないの」

いつの間に来ていたのか、里が大きな声で言った。

「あ、これは……、ただ……」

「返しなさい」

里が怖《こわ》い顔で手をのばした。返そうと思ったら、里がふだん配達に行くときのとは違う、いい着物を着ていることに気がついた。

「おかっちゃん、口入屋さんに行ったの？　何しに？」

里は答えない。

――みいっつ。

「なんだ、騒がしいなぁ。どうかしたのか」

下から正吉の声がする。

「この茶碗、おとっちゃんに見せる」

立ち上がって階段に向かおうとした。

「何を言っているのよ。返しなさい」

里が通せんぼをするように前に立った。

「いやだよぉ」

おみちは里の脇をすり抜けた。

「待ちなさい」

里がおみちの肩をつかむ。びっくりするくらい強い力だった。その手を払う。

「おとっちゃん、おとっちゃん、あのね」

階段に踏み出した足がすべった。すとんと腰を落とし、そのまま、だ、だだ、だっとお尻で跳《は》ねながら下まで落ちた。

おみちは叫び声をあげた。胸に抱いた茶碗が鈍《にぶ》い音を立てた。

「どうしたんだ」

正吉がやってきた。階段を駆《か》け下りてきた里がおみちの腕から茶碗を取りあげ、悲鳴のような声をあげた。茶碗は真っ二つに割れていた。

「なんで……、なんで、あんたは……。これは、大事な……」

里は目を吊《つ》りあげ、顔を真っ赤にして手を振りあげ、その顔があまりに真剣なので、おみちはわぁっと大きな泣き声をあげた。振りあげた里の手を、正吉がつかんだ。

「子供に手をあげるなよ。おみちは俺に茶碗を見せようとしたんだろ。足は大丈夫《だいじょう》夫《ぶ》か。怪我《けが》はないか」

正吉がやさしい声でたずねた。

それはまるでびっくり水だった。

おみちと里の高ぶっていた気持ちはしゅーんと鎮《しず》まっていった。

「うん、大丈夫。茶碗、割れちゃって……ごめんなさい」

ぐいと涙を手でふいて顔をあげると、里が茶碗を抱いてすすり泣いていた。

「だって、これは……お舅《とう》さんが、本当に困ったことがあったらこれを売って、お金に替《か》えなさいって……。これだけはって……残しておいたのに」

「そんな顔して泣くなよ。じいさんの戯言《ざれごと》だよ。売ったって、たいした金にはならねぇよ。いいじゃねぇか。さっぱり諦めがついてさ」

正吉がおみちの顔をのぞきこんだ。

「なんか訳があったんだろ。なんで、急に茶碗なんか持ち出したんだ。黙ってちゃ分からねぇよ。叱らねぇから言ってみな」

おみちはうつむいた。おとっちゃんの心を試したなんて言えるわけがない。

「おねぇちゃんは、自分が奉公に出されるかもしれないって心配していたんだ。そしたら、おきみちゃんが大事なものを壊すふりをしてみろって、言ったんだ。そうしたら、おとっちゃんの本当の気持ちが分かるから。お牛様がそう言ったんだってさ。おいら、二人が話しているのを聞いていたんだ」

いつの間に来ていたのか、昇太が大きな声で言った。

一瞬、正吉は考えていたが、急に大きな声をあげて笑った。

「厩火事かぁ」

それから真顔《まがお》になった。

「おみちは俺が働かないから、自分が奉公に出なくちゃならないのかって心配したのか」

そっと肩に手をおく。おみちは仕方なくうなずく。

「そんなことを考えてたのか……。悪かったなぁ。おめぇにまで心配をかけちまった。大丈夫だよ。奉公になんか出さねぇよ。なに、ちょこっとあんこ煉ればさ、親子が暮らしていくぐらいの金は入るんだ。心配ねぇよ。お里もな。申し訳ねぇ」

正吉はそう言って、里とおみちに頭を下げた。

空は夕暮れだった。正吉とおみちは道に立って、空を眺めていた。

「おっかさんは菓子の注文をもらいに行っていたんだね」

「うん。祝言《しゅうげん》があるんだそうだ」

家も木々も黒い影に呑み込まれてしまったが、空の高いところは茜色に輝いている。

「おとっつあんはなんで、あんこを炊かないの？　あんなにおいしいあんこが炊けるのに」

「そうだなぁ。なんでだろうなぁ」

正吉は自分でも分からないというように首を傾《かし》げた。そして、急に思いついたというように明るい目をして言った。

「あんこっていうのはさ、特別な日のためのものなんだ。そんで、おとっちゃんはさ、そのきらきらした特別な日を生きていたいんだ。だってさ、普通の日っていうのは、退屈《たいくつ》でつまんねぇじゃねぇか。そうだ。俺は、あんこをつくる方じゃなくて、あんこに生まれればよかったんだなぁ」

それを聞いておみちは合点《がてん》した。

「じゃあ、あたしがあんこを炊く人になるよ。おっかさんと二人で、あんこを炊くから」

「そうか。おみちとお里が俺をあんこに炊いてくれるか。頼もしいな。俺は安心だな」

愉快そうに笑った。

冷たい風が吹いて最後の茜色が消え、あたりは濃い闇に包まれた。戻ろうと踵《きびす》を返すと、家の明かりが見えた。温かな光だった。

「そういやぁ、おみちは、もうおとっちゃん、おかっちゃんて言わねぇんだな」

「そうだよ。あれは子供の言葉なんだ。あたしはもう、子供じゃないんだ。これからはおとっつあん、おっかさんって呼ぶんだよ」

おみちは胸を張って答えた。

やわらかな正吉の手が、おみちの肩にふれた。

正吉はきっと、これまで通り、気まぐれにあんこを炊くだろう。金のことでみんなに心配をかけるかもしれない。でも、大丈夫だ。

なんだか、そんな気がした。

猪《しし》鍋《なべ》

近藤史恵

年をとると、冬の気配に気づくのが早くなる。

若い頃は、まわりの者が綿入れの着物を着て歩くのを見て、「おや、もうそんな季節か」と気づいたものだったが、四十を過ぎたころから、それが変わった。まだ暦《こよみ》の上では秋なのに、冷えは足先からやってくる。冷《つめ》てえな、と感じると、もういけない。臑《すね》から腰まであっという間に寒さが這《は》い上ってくる。あわてて、女房のおしげに、綿入れと分厚い股引《ももひき》を催促《さいそく》する。いっとう先に、そんな冬支度《じたく》で通りを歩くのは江戸っ子の名折れだとも思うが、やせ我慢をすると、冷えはあっという間にみしみしとした痛みに変わる。背に腹は代えられない、と、綿入れで外に出ると、同年配《ねんぱい》や、それより年配の男たちも、似たような格好《かっこう》で歩いているのだった。

ちょうど、そんな季節に、八十吉《やそきち》のまわりで、ある大きな事件が起こった。よく考えれば、それは当然予想できるはずの出来事だったのだが、八十吉の頭からは、すっかりそんな考えは抜け落ちていた。だから、その話を聞いたとき、腰が抜けんばかりに驚いた。

同じように驚かせようと、女房のおしげに知らせたところ、「あたしもそろそろじゃないかと思っていたよ」などと顔色も変えずにそう言われ、やはり女は違う、としみじみ八十吉は思ったのだった。

お駒《こま》に子ができた。

お駒というのは、八十吉の主人である同心《どうしん》、玉島千蔭《たましまちかげ》の家の奥方である。

といっても、ややこしいことに、千蔭の奥方というわけではない。千蔭の父であり、現在、隠居の身である玉島千次郎《せんじろう》の後妻なのだが、まだ十九かそこらで、千次郎とは親子どころか祖父と孫ほどの年の開きがある。

もともとは、千蔭の見合い相手として現れた娘であったが、お駒の方が通人《つうじん》の千次郎にめっぽう惚《ほ》れてしまい、この年の離れた夫婦が出来上がったというわけだ。

さすがに身内ではあるから、千蔭は八十吉とは違って多少は予測していたようだ。それでも、「この年で弟か妹ができるとは思わなかった」と、ぽつんと漏《も》らしたところを見ると、やはり戸惑《とまど》ってはいるらしい。

だが、その一方で、安堵《あんど》しているのも事実らしく、「これで玉島の家も安心だな」などとつぶやいている。

千蔭は千蔭なりに、長男なのに妻を娶《めと》らずにいることに、少し負い目があったのだろう。

もともと、父親の千次郎自身が、あまり世間体《せけんてい》を気にする方ではない。子がいないならいないで、養子でももらえばいいと、前から言っていた。

男子は病気で早死にすることが多いから、武士の家では長男が生まれても油断せず、ふたり、三人、と子を作る。だが、めでたいことに全員つつがなく成人してしまうと、今度は継がせる家督《かとく》がないということになる。親類にもそういう家がたくさんあるから、玉島家が養子にしたいといえば、喜んで差し出すだろう。

だが、だとしても、千蔭が嫁をもらって、跡継ぎを残すのがいちばん自然な成り行きなのは間違いない。当の本人としては、それなりに責任を感じていたのだろう。

お駒に子ができたこと自体はめでたい。だがそれだけで話は終わらなかった。

腹の子ができてからこっち、お駒がぱったりとものを食べなくなってしまったというのだ。

かしましいし、いつもぱたぱたと走り回っているから、つい忘れがちになるが、お駒はもともと丈夫な質《たち》ではない。十六になるまでは病弱で、寝たり起きたりの生活を続けてきた。

玉島家へきてから、寝込むようなことは一度もなかったのに、よほどつわりがひどいらしく蒼《あお》い顔をして、いつもぐったりとしている。ときには、床《とこ》から一日起きてこないこともある。

このままでは、子どころか、お駒の身にも障《さわ》るのではないかと、千次郎や千蔭や、女中のお梶《かじ》がいろいろと滋養《じよう》のあるものを探しているが、ほとんど喉《のど》を通らないらしいのだ。八十吉は、昔だれかが言っていたことをふいに思い出した。だれが言っていたのかは忘れたが。

めでたいことは、ひとりではやってこない。たいてい、気がかりの種《たね》を一緒に連れてくる。

その朝、八十吉はいつもより早く組屋敷に到着した。

ちょうど千蔭は、縁側でいつもの髪結いに髷《まげ》を結ってもらっているところだった。

玄関は通らず、そのまま縁側の方に顔を出す。

「おはようございます。旦那《だんな》」

「ああ、八十吉、早いな」

ちょうど鬢《びん》を引っ張られている最中で、顔を動かせないらしく、千蔭は目だけで八十吉の方をちらりと見た。

最近、八丁堀《はっちょうぼり》の組屋敷をまわっているのは、平八《へいはち》という若い髪結いだ。手際《てぎわ》のよさもさることながら、なによりも耳が早い。通りでささやかれている噂《うわさ》話などを、はしっこく聞きつけ、髪を結いながら千蔭の耳に入れる。これも、同心たちにとっては大事な情報源だから、八丁堀の髪結いは耳ざとくなければ勤まらない。

子供がそのまま大人になったような顔をしているせいで、あまり警戒心を抱《いだ》かれにくいのだろう。武家屋敷の噂話なども、どこからか聞きつけてくる。

玉島の家に出入りするようになって、まだ三ヶ月ほどだが、もう十年も前からそこにいたように、しっくりと馴染《なじ》んでしまっている。

奥から、お駒が湯呑《ゆの》みを持って現れた。ひどいときは、枕から頭が上がらないというから、今日は幾分か気分がいいのだろう。それでも、顔色は青白い。

「起きてらっしゃって、よろしいんで？」

そう尋ねると、お駒はぷうっと口を尖《とが》らせた。

「別に病《やまい》というわけではないもの」

たしかにお駒の言うとおり、つわりは病ではない。そう言うからには具合もいいのだろうと、安心しかけると、千蔭が冷ややかな声で言った。

「それでも、なにも召し上がらないと、本当の病になってしまいます」

「欲しくないんだもの」

平八がのれんをくぐるように、するりと話に割り込んできた。

「お召し上がりになれないんですかい。そりゃあ、いけませんね」

「それでも、昨日はお梶さんが、里芋を煮てくれたから、少し食べたよ」

「雀《すずめ》が啄《ついば》む程度しか、召し上がらなかったではないですか」

お駒はわざと聞こえないふりをして、部屋から出て行った。

「ご心配ですね」

平八のことばに、千蔭は軽く首を振った。

「せめて、もう少し召し上がってくだされればいいのだが」

「重湯《おもゆ》や粥《かゆ》などもいけねえんですかい？」

「匂いが嫌いだとおっしゃる。前はお好きだった田楽《でんがく》や焼き豆腐も欲しくないとおっしゃるし、魚の匂いも鼻に付くそうだ」

そう言って、千蔭は軽いためいきをついた。

「せめて、菓子など召し上がってくださらないものか……」

元結《もっとい》の紙を切って、平八は櫛《くし》を懐《ふところ》に仕舞《しま》った。千蔭の髪はいつもの通り、すっきりとした小銀杏《こいちょう》に結い上がっている。

平八が見せた鏡で確かめて、千蔭は頷《うなず》いた。

「もしどこぞで評判の菓子の話など聞きましたら、お耳に入れましょう」

平八は道具を片づけながら、そう言った。

「ああ、頼む」

千蔭はそう答えて、奥にちらりと目をやった。

支度のすんだ千蔭と一緒に、八十吉は組屋敷を出た。

「今日は帰りに、青山《あおやま》様のお宅を訪ねるつもりだから、そう心得ておいてくれ」

青山様というのは、千蔭の上役である与力《よりき》だが、お駒の祖父でもある。普通、出産前から産後しばらくまでは、妻の実家で過ごすものだから、それについてなにか話があるのだろうか。

そう尋ねると、千蔭は首を横に振った。

「お佐枝《さえ》様の病も、あまりよくないらしいし、あちらもいろいろ取り込んでいるようだから、うちの方がいいだろうとお父上も申されている」

お佐枝というのは、お駒の母親である。八十吉も何度か会ったことがあるが、華奢《きゃしゃ》で生気《せいき》の薄そうな女性だった。顔はそっくりなのに、雰囲気がお駒とまるで違うことが八十吉には不思議だった。

「お佐枝様なら、もしかしたらお母上自身もお忘れになっている好きな食べ物をご存じかもしれないし、そうでなくても実家でよく召し上がっていたものなら、喉を通るかもしれないと思ってな」

なるほど、たしかにそうかもしれない。病で喉が閉じたようになっていても、食べ慣れたものなら、するりと入っていくこともある。自分から、「実家の味が恋しい」とは言いにくいだろうから、千蔭と千次郎が気を回したのだろう。

千蔭は険《けわ》しい顔でつぶやいた。

「お母上になにかあっては、青山様に申し訳が立たぬ」

非番の月は、毎日が単調だ。

当番月は、江戸中を駆け回り、じっとしている暇もないような忙しさだが、月が変わると、今度は一日中、奉行所《ぶぎょうしょ》に詰めて、書類と顔を突き合わせていなければならない。

最初はまったく仕事の中身が変わるのに閉口したが、今ではむしろ、ありがたいような気がする。

年がら年中当番月では、身体《からだ》がもたないし、かといって、奉行所詰めが続くと、定町廻《じようまちまわ》りの仕事が懐《なつ》かしくなる。

非番月でありがたいのは、仕事が終わればさっさと帰れることだ。

当番の月は、木戸が閉まる時間まで、あちこち駆けずり回っていることがほとんどだが、非番の月の同心は、前の月に取り調べた事件を、訴状《そじよう》にするのが役目で、なにがなんでも急を要するようなものではない。一段落すれば筆を置き、帰路につくことができる。

小者《こもの》の八十吉は、奉行所勤めではなく、千蔭に直接雇われているわけだから、非番であろうと町で情報を集めることはできる。

だが、南町《みなみまち》付きの小者がちょろちょろしていると、北町《きたまち》の者たちがいい顔をしない。自然と、非番のときは、派手《はで》な動きは避けるようになる。

ともあれ、その日も千蔭と八十吉はさっさと仕事を終えて、奉行所を出た。

まっすぐ帰路につかずに、青山様の屋敷へと向かう。

来訪することは伝えてあったのだろう。女中が出てきて、すぐに通された。

あまり、体調がすぐれないのだろう。通されたのは、お佐枝の寝間だった。床から身体を半分起こした姿で、お佐枝は千蔭たちを迎えた。

「このようなお見苦しい姿で、申し訳ございません」

起きあがったお佐枝の肩に、女中が小袖《こそで》を掛けた。

「いや、こちらこそ、お加減が悪いというのに、お訪ねして申し訳ありません。どうぞ、お楽になさってください」

「いえ、寝てばかりいるよりも、どなたかが訪ねてきてくださる方が、気が晴れてよいのです」

まんざら、口だけでもないような様子で、お佐枝は微笑《ほほえ》んだ。

色が白く、目も口も鼻も小さいところは、お駒にそっくりだが、泥水に手をつけたこともないような品のよさがある。跳《は》ねっ返りのお駒とはまるで雰囲気が違う。

「お駒がご迷惑をおかけしていないか、それだけが心配で……末娘でずいぶん甘やかして育ててしまいましたから、今になって後悔しております」

「なに、よいお娘御《むすめご》です……と、母をこのように言うのもおかしな話ですが」

千蔭が苦笑いすると、お佐枝もくすり、と微笑した。

お駒はたしかに、千蔭の義母《はは》になるが、年齢は一回りも離れている。千蔭にとっては、母でもあるが、一方では年の離れた妹のような感覚もあるらしい。

もともとお駒も、奔放《ほんぽう》な性格だから、あまり礼儀などといったことは気にしない。

そういう意味ではお佐枝の、「甘やかして育ててしまった」ということばは、謙《けん》遜《そん》ではなく、事実だろう。結婚した後も、年の離れた夫である千次郎に甘やかされ、好き放題には振る舞っているが、生来《せいらい》の気性のよさのせいで、人に不快な気分を与えることはない。それも、甘やかされて育ったゆえかもしれない。

千蔭は背を正して、本題を切り出した。

「ところで、使いにも伝えましたが、お母上のつわりがかなりひどいようで……」

「ほとんど、なにも喉を通らないとか。困りましたね」

お佐枝は、軽く首を傾《かし》げた。仕草《しぐさ》までお駒とよく似ている。

「わたくしが、お駒を身籠《みご》もったときも、つわりがひどくて、しばらくは白湯《さゆ》しか喉を通らなかったものです。そんなところまで似なくてもよいようなものですが」

ふう、とためいきをついて、お佐枝は続けた。

「また病弱な子にならなければよいのですが」

「それでですが、お駒殿が、特にお好きな料理などご存じであれば、教えていただきたいのです。特に、子供の頃、喜んで召し上がっていたようなものなどあれば……」

「あの子は焼き豆腐や田楽や、里芋の煮ものなどが好きでした」

千蔭は間髪《かんはつ》を入れずに答えた。

「それは知っております」

どうやら、子供の頃から好みは変わっていないようだ。

「あの子は、寝付いていたときも、食はさほど細くはなりませんでしたから、あまりうちでは、そのような心配をしたことがありませんでした。本当に困りましたね」

「面目《めんぼく》次第もございません」

「いえ、こちらこそわがままに育ててしまって……」

ひとしきり頭を下げ合ったあと、お佐枝が言った。

「もし、よろしければ、あとで野菜の炊《た》き合わせなど届けさせましょう。先ほどのおよしは、お駒が幼いときから、台所のことをすべてまかせてきた女中ですから、お駒の好みの味付けはよく心得ています」

「かたじけない」

お佐枝は、また少し首を傾げた。

「でも、もしかすると、お駒はなにか珍しいものの方が喜んで口にするかもしれません。昔から、目先が変わったものを喜ぶ娘《こ》でしたから」

千蔭と八十吉は、顔を見合わせた。それははじめて知った。

病気のお佐枝に無理をさせてはいけないから、千蔭たちは早々に青山邸を辞した。

帰り道、千蔭はひとりごとのようにつぶやいた。

「しかし、目先が変わったものとは、どんなものなのだ？」

千蔭は食道楽《くいどうらく》ではないし、もちろん八十吉だって毎日似たようなものばかり食べている。そんなことを問われても答えられるはずはない。

「江戸中のご馳走《ちそう》を食べ尽くしているような方はおられないものですかねえ」

八十吉がつぶやいたことばを聞いて、千蔭はふいに足を止めた。

その表情を見て、八十吉は気づいた。

どうやら、ある人物のことを思い出したらしい。


組屋敷に帰ると、真っ先に千次郎に帰宅の挨拶《あいさつ》をする。

千次郎は、少し前に飼いはじめた真っ白い猫を膝《ひざ》に乗せて、背中を撫《な》でていた。

千蔭は、お佐枝から聞いた話を、千次郎に伝えた。

「なるほど、目先が変わったものか。それはあまり考えなかった」

食が進まないと聞けば、なんとなく、普段食べつけているものの方がいいように考えてしまう。だが、たしかに目新しいものの方が気分が変わってよいかもしれない。特に、お駒のような若い娘には。

「明日にでも、巴《ともえ》之《の》丞《じょう》殿に訊《き》いてみようかと思います」

水木《みずき》巴之丞は、中村座《なかむらざ》の人気若女形《わかおやま》である。贔屓《ひいき》には、大店《おおだな》の主人も多く、よく座敷に招かれているから、うまいものを食べつけているだろう。

昔、千次郎が巴之丞の養父に大恩を受けたことがあり、親しいつきあいだが、八十吉は少し苦手である。

女姿と、上方《かみがた》の訛《なま》りのせいか、舞台を降りてもぬらぬらとした空気をまといつかせている。あまりに近づきすぎると、するり、と手をつかまれて井戸の底に引きずり込まれてしまうような、得体《えたい》のしれなさがあるのだ。

それを、色気とか魅力とか言うのだということは、頭では理解できるが、どうも八十吉にはおっかない。

八十吉の女房のおしげは、八十吉より身体が大きく、色の黒い女で、天日《てんび》で乾かして、さらしたように色気の欠片《かけら》もない。そんなおしげでさえ、巴之丞の絵姿を買ってきてはうっとりと眺《なが》めているのだから、不思議という他はないのだ。

「そうだな。巴之丞殿なら、料理屋につてもお持ちだろう」

千次郎は、あくびをする猫を撫でながら、そう言って頷いた。

「それでは失礼いたします」

座敷を立とうとした千蔭を、千次郎は引き留めた。

「まあ、待て。少し話がある」

千蔭は少し不審そうに、また膝を揃《そろ》えた。千次郎は軽く咳払《せきばら》いをする。どうやら、切り出しにくいことらしい。

「こんな折になんだが、千蔭、見合いをしてみないか」

千蔭はあからさまに眉間《みけん》に皺《しわ》を寄せた。

「お母上が大変なときなのに、そのような気にはなれません」

「そう言うと思ったが……こういうときだからこそだ」

千次郎は、険しい顔で千蔭を見た。

「結婚のことも、跡継ぎのことも、なるようにしかならぬと思ってきたが、お駒がこうなったからこそ、はっきりさせておきたいことがある」

「は？」

「おまえは、お駒に子ができたから、自分はもう跡継ぎなど考えなくてもいい。いや、むしろその方がいいと考えているのではないか」

「それは……」

千蔭はあきらかにことばに詰まった。どうやら図星《ずぼし》だったようだ。

千次郎とお駒の子が、女の子ならばたいして問題ではない。ややこしくなるのは男の子だったときのことだ。

千次郎はすでに家督を千蔭に譲り、隠居の身となっているし、それでなくてもその息子は次男になり、家督を継ぐことはできない。ここで千蔭が妻を娶り、もし男の子が産まれれば、その子が跡継ぎとなる。

これが、兄弟ふたりならば、自然とお互いの立場がわかってくるものだが、この場合、千次郎の息子と千蔭の息子は叔父と甥《おい》というややこしい関係になる。叔父であり、年も上なのに、家督を継ぐことができない千次郎の息子は、微妙な立場になるのだ。

もし、千蔭が子供を作らなければ、千次郎の息子を養子にして、家督を継がせることができる。そうなれば、ややこしいことが起こらない。

千蔭はどうやら、そう考えていたようだ。

「わたくしも、この先のことはまったく考えておらぬわけではありませんが、お母上のご出産が終わってからでも遅くはないでしょう」

千蔭は額《ひたい》の汗を拭《ぬぐ》いながらそう答えた。

「いいや、遅い」

千次郎は、眉間に皺を寄せて、そうきっぱりと言った。

「もし、男の子ならば、よけいに妻を娶る気がなくなるだろう。だから、今のうちに考えてもらう」

「それはあまりに性急《せいきゅう》かと」

「性急ではない。だいいち、お主《ぬし》はもう三十四ではないか。考えていない方がおかしい」

千蔭は助けを求めるように、ちらりと八十吉の方を見たが、八十吉にはなにも言えない。千次郎の言うことが正しい。

「上田助左衛門《うえだすけざえもん》を覚えているだろう」

上田助左衛門はたしか御家人《ごけにん》で、千次郎の古い友人である。

「助左衛門殿の親戚に、ちょうど相手を探している娘がいるらしい。娘と言っても、もう二十八の年増《としま》らしいが、気難しくて、その年になるまで結婚相手が見つからなかったらしい。おまえの妻には、そのくらいの骨のある女の方がよい」

「はあ……しかし、それほど気難しいのなら、わたくしなどお気に召さないと思いますが」

渋い顔をする千蔭に、千次郎はにやりと笑って言った。

「もしやということもある。割れ鍋に綴《と》じ蓋《ぶた》という喩《たと》えもあるだろう」

ずいぶんな言いぐさである。千蔭はためいき混じりで答えた。

「わかりました。お父上がそうおっしゃるなら、会ってみましょう」

座敷を出てから、八十吉は千蔭に尋ねた。

「梅《うめ》が枝《え》殿のことはよろしいんですかい？」

千蔭は、じろりと八十吉をにらみつけた。

「梅が枝がどうしたって？」

梅が枝というのは、水木巴之丞に瓜《うり》二つの、吉原《よしわら》の遊女である。その美貌《びぼう》から入れあげる客も多いと聞くが、めっぽう気が強く、たとえどんなに金を積まれても、気に入らない客はさっさと追い返してしまう。そんなことで、遊女がやっていけるのかと思うが、どうやら、気位《きぐらい》が高いと聞けば、よけいに「自分なら」と思う男も多いらしく、かなりの売れっ子らしい。

もちろん、同心の安月給で吉原にそうそう通い詰めることができるはずもないし、千蔭は梅が枝の客ではない。

頭が切れるから、吉原で事件があるたびに、話を聞いたり、手助けを頼んだりしているだけだ。

だが、梅が枝の方では千蔭を気に入っているらしく、やたらに千蔭を呼びつけたり、起請文《きしょうもん》を押しつけたりしている。

しかし、どこまで本気かは難しいところである。八十吉の知る限り、梅が枝と千蔭がいい雰囲気になったことなど一度もないし、ふたりきりになったことすら、ほとんどない。

堅物《かたぶつ》の千蔭をからかっているということも考えられるし、千蔭はそう捉《とら》えているようである。

吉原では金もないくせに、権力を笠《かさ》に着て威張《いば》り散らす下級武士は、野暮《やぼ》の代表のように嫌われているが、同心とはいえ、物腰が穏《おだ》やかで、身分が下の者に対してもえらそうに振る舞うことのない千蔭は、遊女たちからも好かれているようだ。

それになにより、黙っていればなかなかのいい男である。着流しに羽織《はおり》、小銀杏という姿で、通りを歩いていると、よく娘が振り返っている。

梅が枝が惚れても不思議はないと思うが、どうも千蔭の方は、そんなふうには考えていないようだ。

千蔭は自分に言い聞かせるようにつぶやいた。

「気難しい女性だというから、わたしのことなど気に入らぬだろう」

そんなことはないだろう、と言いかけて、八十吉は口をつぐんだ。よく考えれば、お駒も千蔭の見合い相手だったのに、堅物の千蔭などは絶対にいやだと言い切って、父親の千次郎と一緒になってしまった。

今年の初めに、おふくというお駒の従姉妹《いとこ》との仲をとりもとうと、お駒や千次郎が骨を折ったが、これも結局はうまくいかなかった。

もしかすると、千蔭はあまり女運に恵まれていないのかもしれない。

「そのようなことが……ご心配でございますね」

巴之丞は気遣《きづか》わしげにそう言った。

その表情は心底、お駒のことを心配しているように見えたが、相手は役者である。その程度の演技はお手の物だろう。

そう考えて、八十吉は少し自分がいやになった。

年がら年中、掏摸《すり》や物盗《と》りや、人殺しにばかり関わっていると、人間が疑い深くなっていけない。気だてがよく、裏表のないお駒のことは、巴之丞も気に入っているようだった。

「だから、巴之丞殿が、なにか、珍しくて滋養になるものをご存じないかと思ってな」

千蔭は出された茶を啜《すす》りながら、そう言った。

中村座は、ちょうど興行《こうぎょう》の合間で、閑散としている。今日は次の芝居の衣装合《いしょう》わせの日だというが、まだ衣装方の用意ができていないらしく、巴之丞は楽屋で暇そうにしていたのだ。

結局、お駒は、昨日もほとんどなにも口にしなかった。

実家から届けてもらった炊き合わせも、麩《ふ》と蓮《はす》をぽっちりと囓《かじ》っただけだ。気分が悪いと言って、すぐに奥に引っ込んでしまった。

たしかにこのままでは、子供どころか、お駒が身体を壊してしまうだろう。

巴之丞は目を細めて、少し考え込んだ。

「『乃《の》の字屋《じや》』という店はご存じですか?」

「はじめて耳にする。料理屋か?」

「四つ足を食べさせる店でございます」

千蔭はあからさまに顔をしかめた。

「四つ足というと……猪《しし》か」

「猪だけでなく、熊や鹿なども鍋にしてくれます」

それを聞いて、千蔭の顔がよけいに険しくなる。

「お嫌いですか?」

「というよりも、あまり食べる気にはなれぬ。軍鶏《しゃも》くらいならば、ときどき口にするが……」

そういえば、千蔭は人と会うとき以外は、ほとんど料理屋に行くことはない。いつも、まっすぐに組屋敷に帰って、お梶の作った夕飯を食べている。あまり変わったものを食べることに興味がないようだ。

それは、八十吉も同じである。ときどき玉島家で馳走になる程度で、あとは長屋に帰って、夕飯を食う。もっとも長屋ではあまり煮炊きはできない。おしげは魚を焼いて飯を炊くだけで、あとは煮売り屋で買った品が並んでいる。それでも毎日食えるだけありがたいと思うだけで、それ以上の贅沢《ぜいたく》などする気はない。

「それでも、滋養にはなります。どんなに寒い日でも、猪か熊を食べると、身体が芯《しん》から温まります」

味を思い出したのか、巴之丞は少しうっとりとした顔になっている。よっぽど好きらしい。

滋養がつくと聞いて、千蔭も興味が出たらしい。

「よくある四つ足の店は、生臭《なまぐさ》いものも多いですが、乃の字屋のは別物です。少しも生臭くなく、上品なものでございます。あれなら、京でも充分商売になる」

「流行《はや》っているのか?」

「ええ、大変なものでございます。店の外まで行列ができているとか」

「ならば、難しいな。お母上に寒空の下、並んでいただくわけにはいかぬ」

千蔭がそう言うと、巴之丞はくすりと笑った。

「なにをおっしゃいます。八丁堀の旦那でしたら、いくらでも便宜《べんぎ》を図ってもらえるでしょうに」

「どうもあまり好かぬのだ」

だが、千蔭は腕組みをして、しばらく考え込んだ。他ならぬお駒のためであることに気づいたらしい。

「邪魔《じゃま》をしたな。おかげで助かった。一度お母上にお伺いしてみよう」

巴之丞はいつものもの、婉然《えんぜん》とした笑みを浮かべた。

「いいえ、この程度ならばいつでも」

意外にも、お駒は猪鍋と聞いて、目を輝かせた。

「昔、お父上がまだお元気だったときに、一度食べに連れていってもらったことがあるよ。こんなおいしい物がこの世にあるのかと思った」

今までは、どんな料理の名前を聞いても、あまり興味を示さなかった。少しつわりが治まってきたのかもしれない。

だが、乃の字屋と聞いて、千次郎は首を傾げた。

「二年ほど前に行ったことがあるが、あまり感心はしなかった。その頃はたいして流行っていなかったし、料理人でも替わったのかもしれぬな」

どうやら、古くからある店だが、最近になって急に繁盛《はんじょう》しはじめたらしい。ともかく、お駒が食べたいというのだから、と、八十吉も含めた四人で行ってみることにする。

とはいえ、身重のお駒を寒空の下で待たせるわけにはいかない。千蔭と八十吉は、翌日乃の字屋を訪ねて、座敷をとってもらうことにした。

ちょうど、熱くて脂《あぶら》っこい鍋が食べたくなる季節である。乃の字屋の前には、二軒先の店まで続くような行列ができていた。

店自体は、小さい上に安普請《やすぶしん》で、とても旨い物を食わせるようには見えない。江戸には四つ足を食わせる店は、他にもたくさんあるのに、これほど繁盛しているところを見ると、やはり旨いのだろう。

千蔭たちは、勝手口の方へまわった。わずかに獣《けもの》くさいような、だがそれでいて食欲をそそる匂いがする。

「これは、八丁堀の旦那、お役目でございますか？」

千蔭の姿を見て、奥から女将《おかみ》らしき女が飛び出してくる。年の頃は三十前後、色は黒く、背は低いが、いかにも気の回りそうな女だった。

「いや、南町の者だから、今月は非番だ。少し頼みがあってな」

そう前置きしてから、千蔭は話し始めた。

身内の女性が――母親が、というと話がややこしくなる――身重で、つわりがひどいのだが、猪鍋ならば食べられそうだという。だが、この寒いのに外で待つわけにはいかない。できれば、座敷を用意してもらえないか。そう千蔭が話すと、女将は白い歯を見せて笑った。

「お安い御用でございます。明日にでも用意させていただきます」

ちょうど明日なら、千蔭も奉行所に出仕しなくてよい日である。冷える夜ではなく、昼間に座敷の用意を頼むことにする。

時間を決めたあと、ふいに女将はこのようなことを言い出した。

「いらしていただいたついでに、このようなことを言うのは心苦しいのですが……実は八丁堀の旦那にお願いがございまして……」

千蔭は眉《まゆ》を寄せた。

「なにかやっかいごとでもあるのか？」

女将は小さく頷いた。

「いえね、十日ほど前から、妙な男がじろじろこちらを見ながら、裏口や店先をうろうろしているんですよ。なんだか、得体が知れなくて、そのうちなにかされるんじゃないかと心配で仕方がないんですよ」

千蔭は、勝手口から半身《はんみ》を出して、外を見た。八十吉も並んで外の様子を窺《うかが》ったが、今は特に妙な男はいない。

「繁盛しているから、物盗りに狙《ねら》われているのかもしれぬな。わかった。北町の定町廻りに話しておこう」

「ありがとうございます」

女将は紙包みを千蔭の袖口に滑《すべ》り込ませようとした。千蔭はそれを、手で押さえた。

「わたしは今月は非番だ。北町の者に渡すとよい」

それでも、と、押しつけようとする女将をそのままに、千蔭たちは外へ出た。

空《から》っ風が吹いて、埃《ほこり》が舞った。

しばらく歩くと、千蔭は八十吉に言った。

「悪いが、喜八《きはち》に今の話を知らせてくれ」

喜八というのは、北町奉行所の同心、大石新三郎《おおいししんざぶろう》の小者である。大石は口が悪い男だから、決して千蔭と仲が良いわけではないが、仕事だけはきっちりとやる。大石の耳に入れておけば、心配はないだろう。

「へえ、行ってまいりやす」

八十吉は、空っ風の中を駆け出した。

翌日の昼、お駒を連れて、千次郎と千蔭たちは乃の字屋へと向かった。

幸い、天気がよく、風もあまり強くはない。お駒も気分がいいらしく、ひさしぶりに頬《ほお》の赤みが戻ってきている。

今日は、正面からのれんをくぐって店に入る。

昨日の女将が、奥から小走りで出てくる。

「これは、八丁堀の旦那。いらっしゃいまし。お座敷のご用意ができております」

女将自ら、奥の座敷へと案内する。外から見たときも、安普請だとは思ったが、中に入っても印象は同じだ。下手《へた》をすると、どこかの出合茶屋《であいぢゃや》のようにも見える。

とはいうものの、廊下《ろうか》などはぴかぴかに磨き上げられているから、薄汚いというわけではない。どの座敷からも談笑する声が聞こえてきて、繁盛している料理屋特有の、活気が感じられた。

隙間風《すきま》が入りそうな座敷へと通され、すぐに鍋が運ばれてくる。

昨日、裏口で嗅《か》いだ、獣くさいようなそれでいて食欲をそそるような、脂っこい匂いがした。

鍋は味噌仕立てになっていた。最初に千次郎が箸《はし》をのばす。

「いかがでございますか」

千蔭がおそるおそる尋ねる。

「うむ、悪くはない。以前食べたのとは、全然違うな。やはり料理人が代わったのか。それとも肉の仕入れ先が変わったのか」

千次郎のことばを聞いて、千蔭も箸をのばした。あまり気が乗らない様子で、口に入れるが、すぐに表情が変わる。

「これは旨い。お母上、お召し上がりになりますか？」

お駒も、しばらく迷っていたが、ゆっくりと肉を口に運んだ。目を閉じてじっくりと嚙《か》んでいる。

「うん、おいしい。これだったら、食べられるよ」

千蔭と千次郎はほっとした様子で顔を見合わせた。

八十吉も、猪鍋ならば、何度か食べたことがある。だが、この店のそれは、たしかに今まで食べたものとは違っていた。

脂はたっぷりとのっているが、決して生臭くはない。むしろ、口の中ですっと溶けて、舌の上には肉のよい香りだけが残る。麩や青菜も、肉の旨みを存分に吸っている。

それだけではない、なんともいえない濃い旨みが出汁《だし》に出ている。

食べ進むうち、身体の芯がかあっと熱くなるようで、羽織を脱ぎたいような気にすらなってくる。

ほとんど、会話もせぬまま、あっという間に鍋は空になった。お駒も、今までが嘘《うそ》のように、しっかりと食べていた。

「ああ、おいしかった」

お駒は満足げな表情で箸を置いた。千次郎も安心したように目尻を下げている。

「これは、繁盛するのがわかるな」

千藤も頷いた。

「巴之丞殿に、教えていただいた礼をしなければなりませんね」

ちょうど、頃合いを見計らったのか、女将が新しい茶を持って、襖《ふすま》を開けた。

「いかがでございましたか?」

そう尋ねる顔には自信が感じられた。これだけの料理を出しているのだから、当然だろう。

「いや、旨かった。数年前に一度きたことがあるが、そのときはこれほど旨いとは思わなかった。料理人が代わったのかな」

女将は誇らしげに顔をほころばせた。

「はい。先代の店主は二ヶ月前に隠居しまして、今は二代目が包丁を握っております。京で三年ほど修業をしてまいりましたから、その成果でございましょう」

「なるほど、その二代目が、女将の亭主というわけだな」

千次郎のことばに、女将は少し恥ずかしそうに目を伏せて頷いた。

「三年間、江戸で待っていた甲斐《かい》がありました。正直、この店は一度傾きかけていたんですが……。この調子なら、借金も返せて、来年には店を建て直すこともできそうです」

お世辞《せじ》にも、美しいとはいえない女だが、そう言って笑う顔からは、夫への情の深さが感じられた。

「この味ならば、この先も繁盛するだろう。贔屓《ひいき》にさせてもらおう」

千次郎はそう言いながら、女将に心付けを渡した。

ゆっくり茶を飲んでくつろいだあと、そろそろ帰ろうかと立ち上がりかけたときだった。

店先の方から、なにやら怒声のようなものが聞こえてきて、千蔭たちは顔を見合わせた。

なにか揉《も》めているようである。やがて、女の悲鳴が響いた。

千蔭はさっと立ち上がって、襖を開けた。

「お父上たちは、ここでお待ちください。八十吉、行くぞ」

八十吉もあわてて千蔭を追う。

やはり、揉め事は店先で起こっているようだった。客たちも鍋を食うのを中断して、襖を開けて顔を出している。

人垣をかき分けて、店先へと出た。下男《げなん》たちが、ひとりの男を押さえつけていた。

「なにがあった」

「八丁堀の旦那、ちょうどよいところへ！」

取り押さえるのに苦労しているのだろう。額に汗を滲《にじ》ませながら、ひとりの下男が声をあげた。

「この男が包丁を振り回して、店に飛び込んできたんでさあ。なんとか取り押さえやしたが……すごい力で……」

千蔭は懐から細引《ほそび》きを取りだした。さっと、男の腕をひねり上げると、くるくると縛り上げる。

「な、なにをするんや！」

男は顔を真っ赤にして叫んだ。

「話も聞かんと縄をかけるとは、江戸のお役人は無茶苦茶《むちゃくちゃ》や」

おや、と八十吉は思った。ことばにはっきりとした上方訛《かみがたなま》りがある。どうやら江戸の人間ではないようだ。

「刃物を振り回すのは、無茶苦茶ではないのか」

千蔭はそう言うと、そばにあった包丁を足で蹴《け》った。八十吉はあわてて、それを拾う。

「助かりました。ちょうど、八丁堀の旦那が店にいるときに押し入るなんて、運の悪い男だ」

下男は嘲《あざけ》るように、男をにらみつけた。

「非番だがな」

千蔭はそうつぶやくと、男の腕をつかんだ。

「こい。そこの番屋《ばんや》で話を聞かせてもらう」

男は血が滲《にじ》むほど、唇を嚙みしめて、それでも立ち上がった。

偶然、番屋には目明《めあ》かしの惣太《そうた》がいた。北町奉行所へと使いを出し、千蔭たちは男を囲んだ。

乱闘のせいか、男の着物はすっかり汚れて、あちこちが破けている。髷《まげ》も乱れて、情けない姿になってはいるが、整った顔をした若い男だった。まだ二十歳《はたち》になるかならぬかだろう。

千蔭は床几《しょうぎ》に腰を下ろして、男を見下ろした。

「いったい、なぜ、乃の字屋に包丁など持って押し入ったのだ」

押し込みにしては、あまりにも杜撰《ずさん》すぎる。金目当てなどではなさそうだ。

男は唇を噛んだまま、黙りこくっている。

千蔭は少し呆《あき》れたように言った。

「さきほど、おまえはわたしのことを無茶苦茶だと言ったな。だから、乃の字屋に押し入ったのにはなにか理由があるのだと思った。もし、理由がなく押し入ったのなら、おまえの方が無茶苦茶だ」

「理由はある！」

男は髪を振り乱して叫んだ。だが、すぐに声は小さくなる。

「だが、信じてもらえるかどうか……」

千蔭はふう、と小さく息を吐いた。

「話したくなければ、話さずともよい。そのうち、北町の同心がくるから、その男に話せ」

話さなくてもよい、と言われると急に不安になったのだろうか。男は、見比べるように、千蔭と八十吉と惣太の顔に目をやった。

惣太は、男のそばにしゃがみ込んだ。

「悪いことは言わねえ。この旦那に話しておけ。北町の同心はみな、玉島の旦那よりも容赦《ようしゃ》がねえぞ。おれだったら、玉島の旦那にとっつかまったことをお天道《てんと》さんに感謝するね」

千蔭は、懐《ふところ》から煙草《タバコ》入れを出して、煙管《キセル》に煙草を詰《つ》めている。男は、すがるような目で千蔭を見た。そして、口を開く。

「龍之介《りゅうのすけ》は、おれの親父を殺したんや」

煙管を口に持っていこうとしていた千蔭の手が止まった。

「龍之介、とは、乃の字屋で働いている男か」

「あそこの二代目だ」

千蔭は眉間に皺を寄せて、煙管を置いた。

二代目というと、先ほどの女将の亭主で、乃の字屋を繁盛させた男のことだろう。

その二代目が、人殺しとはどうも穏やかではない話だ。

「そういえば、おまえの名前もまだ聞いていなかったな」

千藤にそう問われて、男は名を名乗った。

「幸四郎《こうしろう》と申します。父は京で、山くじら屋という料理屋を営んでおりました」

大人しく話す気になったのか、男の口調は急に丁寧《ていねい》になった。

千藤は煙草を吸い付けると、煙を吐《は》いた。

「もしや、乃の字屋の二代目が、修業に出ていたという店か」

幸四郎の顔がぱっと明るくなった。

「そうでございます。龍之介は三年、うちで働いておりました。よく京のあちこちを案内してやったものでございます。まさか、恩を仇《あだ》で返されるとは……」

「待て。では、龍之介が、おまえの父を殺したというのは、京での話か」

「もちろんそうでございます」

千藤は困惑《こんわく》したような顔になった。その理由は八十吉にもわかる。京で起きたことを江戸で詮議《せんぎ》することはできない。幸四郎の話を聞いても、力になることはできないだろう。

だが、千藤は幸四郎を促《うなが》した。

「龍之介が殺したというたしかな証拠でもあるのか」

幸四郎はきっと千藤をにらみつけた。

「あの、乃の字屋の猪鍋の味こそが、その証拠でございます」

山くじら屋は、京で評判の獣肉を食わせる店だという。

「老舗《しにせ》というわけではございませんが、父が十年ほど前にはじめた店でございます。不便なところにありましたが、味がよいので、客足は絶えませんでした」

幸四郎は、下を向いてぽつり、ぽつりと話し始めた。

大人しくなってみると、幸四郎には裕福な料理屋の二代目らしい品のよさがあった。

「父の作る猪鍋は、それはそれはおいしゅうございました。他のどんな老舗の料理屋でも、うちの味は出せませんでした。父の猪鍋には、父だけの秘密があったらしいのです。それは、わたしにも教えてもらえませんでした。父は、『隠居するときに、おまえにだけそれを教える』と常々言っておりました。他の料理人たちには、猪の捌《さば》き方や、臭みを取る下ごしらえの方法は教えるが、味の決め手だけは決して伝えないと言っておりました。それは、山くじら屋だけの味にするのだ、と」

龍之介は、もちろん、その味の秘密に興味を持っていたらしい。乃の字屋を立て直すには、それが必要だと考えていたようだと、幸四郎は語った。

「龍之介は、たしかに仕事熱心で真面目《まじめ》な男でございました。ですが、龍之介が真面目に勤めていたのは、そうすれば、秘伝を教えてもらえるかもしれないと思っていたからでございます」

幸四郎はそう言うと、きつく唇を噛んだ。

もとより、京と江戸では、商売敵《がたき》になるはずはない。真面目にやっていれば、いつかは教えてもらえるはずだと信じていたのだろう。

だが、江戸に帰る日が近づいても、幸四郎の父は、その秘伝を教えようとはしなかった。はじめから教えるつもりはなかったし、教えると約束した覚えもない。まさか、龍之介がそこまで思い詰めているとは、考えていなかったのだと思うと、幸四郎は悔《くや》しげに言った。

「龍之介が修業を終え、京を発《た》って五日ほど後でございます。明け方、川に落ちた父の亡骸《なきがら》が見つかったのは……」

「少し待て。龍之介が京を発ったあとならば、龍之介が殺せるはずはないではないか」

千蔭は憤然《ふんぜん》とそう言ったが、幸四郎は首を横に振った。

「いえ、龍之介は、旅支度をして、京を発ったふりをしてどこかに身を隠していたのでございましょう。江戸に着いた日を調べましたが、あのままっすぐ帰ったにしてはずいぶん遅かった。本人は、伊勢《いせ》で遊んでいたと語りましたが、どうだか……」

なるほど、そこまで調べているのなら、ただ思いつきで決めつけているわけではなさそうだ。

「わたしもそれだけでは、龍之介を疑ったりはいたしません。ですが、江戸からきた客に聞かされたのです。乃の字屋が、父のと寸分違《たが》わぬ猪鍋を出していると」

幸四郎の方は、結局父からは秘伝を教えてもらえなかった。元の通りの味はもう出せない。次第に客は減っていき、店を畳むほかはなくなったという。

「父が、自分から龍之介に教えたはずはありません。ですから、龍之介は、父を脅《おど》したのでしょう。秘伝を教えなければ殺されると思えば、さすがの父も教えるでしょうから。父は老体で、力では龍之介にかなうはずもありません」

幸四郎は悔しげにそう言うと、洟《はな》を啜《すす》り上げた。

ふいに、番屋の外が騒がしくなる。引き戸が開いて、北町奉行所の大石新三郎と、数人の小者たちが入ってきた。

大石は、ちらりと千蔭に目をやった。

「これは玉島殿、非番月だというのに、仕事熱心で結構だな」

「目の前で、包丁を振り回して暴れている男がいるのなら、非番であろうと見過ごすわけにはいくまい」

千蔭はさらりとそう答えた。大石の嫌みはいつものことで慣れているらしい。

「ならば、お主はよほど、仕事の方に好かれているらしいな」

大石はそう言うと、幸四郎に近づいた。

「この男か、乃の字屋で暴れたというのは」

千蔭は、幸四郎から聞いた話をそのまま、大石に伝えた。

大石は呆れたように眉をひそめた。

「それだけでは、龍之介が殺したという証拠にはならぬ。龍之介が自分で秘伝を探り当てたということもあるだろう」

大石のことばに、幸四郎は顔色を変えた。

「龍之介が自分でそれを見つけられるはずなどございません。長年側《そば》にいたわたしですら、見つけられなかったのですから」

「お主は、いずれ教えてもらえるとわかっていたから、真剣に知ろうとはしなかっただけの話だ。龍之介は、もっと必死だったのだろう」

たしかに、大石の言うことにも一理ある。幸四郎は、自分が店を畳まざるをえなくなったことで、龍之介を逆恨《さかうら》みしているようにも思える。

「まあ、どちらにせよ、京の殺しを、江戸の奉行所で裁くことはできぬ。一応、話としては聞いておくが、取り調べは、お主が乃の字屋に押し入ったことにのみ行う」

大石はきっぱりとそう言った。幸四郎は、助けを求めるような顔で、千蔭を見たが、千蔭にはどうすることもできまい。大石の言うことに分《ぶ》がある。

幸四郎は小者たちに引っ立てられて、番屋を出ていった。

惣太が、大石に聞こえないように千蔭にささやいた。

「よろしいんですかい？」

「仕方がないだろう。わたしは非番だ。まあ、それに大石が検分しようが、わたしが検分しようが、たぶん結果は同じだ」

千蔭はなんのかのと言って、大石の仕事ぶりを評価している。口は悪いが、いいかげんな仕事をする男ではないし、意外に、情にも脆《もろ》いことを八十吉も知っている。

番屋を出ていく前に、大石は足を止めて千蔭に声をかけた。

「昨日、乃の字屋前にあやしい男がいると、どこぞのだれかが知らせてくれたから、あれから少し乃の字屋のことを調べてみた。なかなかおもしろいことがわかったぞ」

「なんだ」

大石はにやりと笑った。

「龍之介は、女房がありながら、吉原の遊女にかなり入れあげているらしい。まあ、かなり繁盛しているし、それだけの実入りはあるようだから、そこは問題ない」

大石がなにを言おうとしているのかわからないのだろう。千蔭は戸惑ったような顔で大石を見た。

「ならば、なにが問題なのだ」

「その遊女というのは、青柳屋《あおやぎや》の梅が枝だ」

「へえ、そんなことがねえ」

梅が枝は、紅羅宇《べにらお》の煙管を弄《もてあそ》びながら、そうつぶやいた。

千蔭はあれからすぐに、吉原へとまわった。非番とはいえ、少しでも関わってしまった事件だから放っておけないのだろう。梅が枝はちょうど座敷に出ていたが、千蔭がきたと聞くと、客を放り出して戻ってきた。

「乃の字屋の龍之介さんなら、最近よく呼んでくれるよ。人殺しをするような人には見えないけどね。金払いもいいし、いい客だよ」

よい客と言われる理由が、金払いがいいことというのも寂《さび》しい気がするが、吉原というのはそういう場所だ。

だが、本当にいやな客ならば、梅が枝は相手をしないという。梅が枝がよい客というのならば、龍之介はいやな男ではないのだろう。

梅が枝はふうっと、煙を吐いた。

「なんでも、女房の器量がよくないんだってさ。家にいると、気持ちがくさくさすると言っていたよ」

それを聞いて、八十吉は少し不快な気分になった。

乃の字屋の女将は、たしかに器量よしではないが、切り盛りと客あしらいがうまく、料理屋の女将にはうってつけの女だった。見目《みめ》がよいだけでは、料理屋の女将は勤まらない。

梅が枝は美しいし、吉原の遊女だけあって教養もあり、頭も切れるが、料理屋の女将は勤まるまい。気位が高いし、気まぐれだ。

もっとも、これだけ美しければ、それでもなんとかなってしまうものかもしれないが。

「女房がもらえるだけでも、ありがたいことだと思うが」

千蔭も、八十吉と同じように感じたらしく、そうつぶやいた。

江戸では、いつだって男が余っている。大奥や御殿《ごてん》勤めをする女が多いし、器量のいい娘は吉原にも行く。金持ちは、正妻だけではなく、別宅に女を囲う。嫁がもらえる庶民はごく一部だけだ。

おしげだって、乃の字屋の女将よりももっと器量は悪いが、それでも八十吉はおしげがなぜ自分のような男と添おうと思ったのか、不思議に思う。いくらでもほかに行くところがあったはずだし、自分はよっぽど運がよかったのだと、ときどき神仏に手を合わせたくなる。

もっとも、あれだけ店が繁盛していれば、龍之介も、いくらでも女を囲えるようになるのだろう。そう思うと、少し女将が不憫《ふびん》な気がした。

「この先、もっと店を大きくして金を貯めたら、わたしを身請けしたいと言っていたよ。そんなに乃の字屋は繁盛しているのかい」

千蔭は出された茶を啜って頷いた。

「そうだな。梅が枝の身請けの身代金がいくらになるのかは知らないが」

「わたしなんて、たいして高くはないさ。もういい歳《とし》だし、年季明けも近いからね」

ならば、梅が枝ほどの遊女ならば、身請けをしたいという客はいくらでもいるのではないだろうか。

梅が枝は気怠《けだる》げに脇息《きょうそく》にもたれて、煙草の煙を吐いた。

「でも、あと二年も勤め上げれば晴れて自由の身になれるというのに、好きこのんで籠《かご》の鳥になりたがる者の気が知れないね」

そう言った後、梅が枝は妖艶《ようえん》な流し目を千蔭に投げかけた。

「もちろん、千蔭様なら話は別だけど」

不意をつかれたのか、千蔭は噎《む》せ《せ》て咳き込んだ。

「千蔭様がわたしのところにくるのは、たいていお役目のためだからね。身請けなんかしてもらえないのはわかっているさ」

梅が枝は恨みがましいようで、その分色っぽい口調でそう言った。これが遊女の手管《てくだ》というものか、と、八十吉は幾分冷静にそう考えた。

「今日だって、要するに龍之介さんのことを探れと言いにきたんだろう」

「うむ」

千蔭は梅が枝のことばに動じることなくそう答えた。

「もし、幸四郎の言うことが正しいのなら一大事だし、そうでないのなら、乃の字屋に悪い評判が立ってもかわいそうだ。事の真偽《しんぎ》はさっさとあきらかにした方がよい」

梅が枝は腹を立てた様子もなく、くすくすと笑った。

「わかったよ。頻繁《ひんぱん》にくるから、それとなく聞いておいてあげるよ」

そう言った後、急に真剣な顔になる。

「それにしても、お駒さんの身体は心配だね。よかったら、甘露梅《かんろばい》でも買っていってあげなよ。口当たりがいいから、食欲がないときでもつまめるかもしれないよ」

甘露梅は、吉原名物の菓子である。吉原にくるのはたいてい役目のためだから、そんなものは買ったことがない。

「そうだな。帰りに寄ってみるか」

そうつぶやいた後、千蔭は湯呑みを置いて梅が枝に尋ねた。

「そろそろ座敷に戻らなくていいのか。客が待っているのだろう」

梅が枝は手を伸ばして千蔭の膝を抓《つね》った。

「なにをする」

「憎たらしいねえ。ひさしぶりに顔を見せてくれたと思ったのにさ」

そうは言うがやはり客のことが気にかかるのだろう。梅が枝は立ち上がって、打ち掛けの裾《すそ》を翻《ひるがえ》した。

廊下に出ようとしたが、ふいになにかを思い出したように足を止めた。襖に手をかけたまま、こちらを向く。

「そうそう、龍之介さんはおもしろいことを言っていたよ。わたしに、自慢の猪鍋を食べさせたいんだってさ。龍之介さんの猪鍋を食べた人はやみつきになって、また食べたくて仕方がなくなるんだってさ。だから、わたしも食べれば、龍之介さんの女房になりたくなるに違いないって」

千蔭と八十吉は顔を見合わせた。たしかに旨いとは思ったが、そこまでのものだろうか。

考え込んでいるうちに、梅が枝は部屋を出て行ってしまった。

ふいに、八十吉はあることを思い出した。

「見合いのことを梅が枝に言わなくてもよかったんですかい？」

千蔭は眉間に皺を寄せた。

「うまくいくかどうかもわからぬのに、話してどうする」

うまくいってからでは遅いのではないだろうか。八十吉はそう思ったが、口に出すのはやめておいた。言っても、千蔭にはよくわからぬだろう。


それから数日後のことだった。

奉行所に、目明かしの惣太が駆け込んできた。

「旦那、乃の字屋で大変なことが起きました」

「どうかしたのか？」

たしか、幸四郎はまだ詮議《せんぎ》を受けているはずである。あの男がまた暴れ込んだというはずはない。

惣太は胸を押さえて、呼吸を整えている。どうやら、ずっと走ってきたらしい。

やっと呼吸が落ち着くと、惣太は口を開いた。

「乃の字屋で食あたりが出たんでさあ。死人こそは出ませんでしたが、吐き気がして、立ち上がれなくなる者が、何人も出たとかで、医者が呼ばれて大わらわです」

千蔭はすっくと立ち上がった。

「よく知らせてくれた。行くぞ、八十吉」

千蔭たちが乃の字屋に着いた頃には、騒ぎはすっかり収まってしまっていた。

さすがに店は閉まっていたが、野次馬《やじうま》もなく、なにかあったようには思えない。

千蔭たちは勝手口に回った。

「邪魔するぞ」

千蔭は声をかけて、勝手口の木戸を開けた。

「まあ、八丁堀の旦那」

小走りに奥から出てきたのは、先日も会った仲居《なかい》である。

「食あたりが出たと聞いたから、少し寄ってみた。ああ、今月は非番だから役目ではない。様子を見にきただけだ」

そう聞いて、仲居の表情があからさまにほっとしたものに変わる。

「今、井上向宗《いのうえこうそう》先生に、きていただいております。ほとんどのお客様は、大したことがなかったようで、もうお帰りになりましたが、まだ一組残っておられます」

「ならば、さほど重いものではなかったのだな」

「はい、不幸中の幸いでございます」

千藤は、あたりを見回した。なにを考えたのかは、八十吉にもわかった。いつも、まめまめしく働いている女将の姿が見えないのだ。

「女将はどうした？」

「先ほど、回復されたお客様をご自宅まで送るため、出ていきました。すぐに戻ると思いますが……」

「それならよい。向宗先生と話がしたい。どこの部屋にいらっしゃるのだ」

「わしなら、ここにいるよ」

年のわりには張りのある声がして、奥から井上向宗が現れた。後ろに、薬箱を持った小者が一緒にいるところを見ると、もう治療は終わったようだ。

井上向宗は、この近くに診療所を構える町医者である。七十近い老人だが、持ち合わせのない患者なども嫌がらずに診察し、膏薬《こうやく》代も待ってくれるというので、評判が高い。よくそれで診療所が潰《つぶ》れないものだと思うが、腕がいいので、裕福な商人宅からもよく呼ばれるらしく、差し引きとんとんで、なんとかやっていけているらしい。

千藤は、軽く頭を下げた。向宗は、それを止めて、仲居に話しかけた。

「最後の家族も、もう少し休んだら、帰ってもらっていいだろう。もう目眩《めまい》も残っていないし、大したことはない」

「ありがとうございます」

仲居が行ってしまうと、向宗は框《かまち》に腰を下ろした。

「食あたりでございますか？」

千蔭が尋ねると、向宗は首をひねった。

「普通なら食あたりの出るような時期ではないんだがな」

たしかに食あたりなら、夏のものだ。冬にはあまり聞かない。

「腹を下したものや吐き戻したものは何人かいるが、すぐに治まって、気分もよくなったという。肉が悪くなっていたというわけではないな」

向宗は立ち上がると、台所の中に入っていった。千蔭と八十吉も後に続く。

向宗は、笊《ざる》に盛られた青菜の束を調べはじめた。

「ほとんどの客は、急に立ちくらみと吐き気がして、動けなくなったと言っていた。だが、吐いた者はすぐに具合がよくなり、吐かなかった者も、しばらく休めば回復した。ここの鍋を食べてからしばらく後に、みんなそうなったわけだから、原因が猪鍋であることには間違いないが……」

「なにか、毒気のあるものを食べたように思われますが……」

向宗は頷いた。

「だが、毒と言ってもごくわずかであろう。毒草が青菜に混じっていたか、もしくは毒茸《きのこ》か……」

「乃の字屋の猪鍋には茸は入っていなかったはずです」

千蔭ははっきりとそう答えた。最近食べたばかりだから、八十吉も覚えている。

「ならば、やはり青菜であろうな。ここにあるものは問題なさそうだが、客に供した鍋に毒草が混じっていたのだろう。料理人に、注意をしておかなければならぬな」

だが、料理人なら毒草の見分けくらいつきそうなものだが。そう考えて、八十吉は千蔭の表情を窺った。

「なにものかが毒を盛ったとは考えられませぬか」

千蔭の問いかけに、向宗は目を剝《む》いた。

「なんのために。人を殺すほどの毒ではないぞ」

「乃の字屋の評判を落とすために」

八十吉は、幸四郎のことを思い出した。乃の字屋にいちばん恨みを抱いているのは彼だろう。だが、彼はまだ取り調べを受けているはずだ。

急に、鋭い音を立てて木戸が開いた。男が息を弾《はず》ませて、そこに立っている。年は三十前だろう。背が低く、らっきょうのような顔をしている。

懸命に走ってきたのだろう。息が切れて、まだ口をきくこともできないようだった。

「これは、龍之介殿」

向宗はそう声をかけた。となると、この男が乃の字屋の二代目らしい。

梅が枝にそこそこ気に入られている様子だったから、二枚目なのかと思っていたが、お世辞にもよい男とは言えない。女房の器量に文句を言うなんて、あまりにもずうずうしいと、八十吉は思う。

あの気の回りそうな女将の顔を思い出して、八十吉は勝手に腹を立てた。

龍之介は呼吸を整えながら、向宗に尋ねた。

「先生、客の具合は……」

「ああ、大したことはない。皆、落ち着いてもう帰っていった。食あたりといっても、ごく軽いものだ。おおかた、青菜かなにかに毒草が混じっていたのだろうと、今玉島の若旦那とも話をしていたのだ」

向宗は千次郎のこともよく知っているから、千蔭のことを未《いま》だに若旦那と呼ぶ。

龍之介は、深くためいきをついた。

「それを聞いて、少し落ち着きました」

それから、千蔭に向かって深々と頭を下げる。

「お役目ご苦労様でございます」

「いや、今月は非番だ。役目できたわけではない。だが、先日の狼藉者《ろうぜきもの》のこともあって、少し気になってな」

狼藉者、と聞いて、龍之介の表情が曇《くも》った。

「幸四郎殿の事件ですね。幸四郎殿は、わたしが修業させていただいた山くじら屋の若旦那であり、わたしにとっては恩人も同じです。旦那様のことを聞いて、胸がつぶれるようでしたが、あのように逆恨みされては、こちらもどう対処してよいのか……。たぶん、幸四郎殿も気持ちが動転しているだけだと思うのですが」

商売がうまくいっている者の余裕か、龍之介は幸四郎にさほど腹を立てている様子はなかった。八十吉は首を傾げた。

もし、幸四郎の言っているとおり、山くじら屋の旦那を殺したのなら、龍之介には疚《やま》しい気持ちがあるはずだ。後ろ暗いところのある者は、過剰に人を責めるものだ。

だが、龍之介にはそのような様子は見られない。幸四郎が自分を告発することも、それほど恐れてはいないようだった。

後ろ暗いところがないから、平然としていられるのか、それとも見かけよりも頭がよく、うまく立ち回っているだけか。

もう何年もこの仕事をしているのだから、そのくらい判別できてもいいと思うが、なかなかそううまくはいかない。

「それだけだ。もう行く。邪魔をしたな」

「はい、これからはこのようなことがないようにいたします」

千蔭は、向宗に頭を下げると、龍之介の横を通って、勝手口から出た。

八十吉も小走りで、千蔭を追った。

「やはり、向宗先生のおっしゃるとおり、間違って毒草が入っただけなんでしょうかね」

「幸四郎はまだ取り調べを受けている。今のところ、他に乃の字屋を恨んでいる者もおらぬようだ」

八十吉は、ふと立ち止まって、乃の字屋を振り返った。

龍之介は、千蔭が恋敵《こいがたき》であることを知っているのだろうか。

組屋敷に戻ると、千蔭はまっさきに千次郎の部屋へと向かった。

あの猪鍋が滋養になったのか、お駒の体調もよくなっているようだ。今も台所から、ころころと鈴を転がすような笑い声が聞こえている。お梶となにか話しているのであろう。

まだ、つわりがなくなったわけではないが、それでも以前よりは、食も進むようになったと千次郎が言っていた。

千次郎は文机《ふづくえ》に向かって、なにやら書き物をしていた。

「今、戻りました」

手をついて挨拶する千蔭をちらりと見て、千次郎はかけていた眼鏡《めがね》を外した。

「非番のわりに砂埃《すなぼこり》にまみれた顔をしているな。なにかあったのか」

南町奉行所一の腕利きと呼ばれていた頃の、その観察眼はまだ衰えていないらしい。八十吉はあわてて、顔をごしごしと擦《こす》った。

「大したことではないのですが、乃の字屋で食あたりが出ました」

千蔭のことばに、千次郎は眉をひそめた。

「この季節にか？」

「向宗先生のお話ですと、どうやら青菜に毒草が混じっていたようで……さほどひどいものではなく、客はすべてもう落ち着いたようです」

「向宗先生のお見立てなら、間違いないだろうな」

千蔭は小さく息を吐いた。

「それにしても、お母上をお連れしたときでなくて、本当によかったと思います」

たしかに毒によっては、腹の子に障ることもある。ましてや、あのときのお駒は、食べないせいで、普段よりも弱っていただろう。それを思うと、毒草が混じっていたのがあの日ではなくてよかったと、八十吉も思う。

「しかし、乃の字屋もついておらぬな。この間は狼藉者が現れて、今度は食あたりか。お祓《はら》いでもしてもらった方がいいのではないか」

千次郎はそんなことを言ったが、本気でないのは目を見ればわかる。同心として働いていたときも、たたりだのなんだのは、一切信じない男だった。

「幸四郎のことばが正しければ、山くじら屋の主人の恨みだとも思えるのですが」

千蔭もそう答えたが、信じてないのはこちらも一緒だ。

「まあ、お駒は気に入っていたようだが、しばらくは乃の字屋に行くのは止《や》めた方がよいかもしれぬな。幸い、魚なども山椒《さんしょう》などを効かせて焼けば、喉を通るようになったしな」

千次郎は、そう言うと、また眼鏡をかけて書き物に戻った。

千蔭が頭を下げて、部屋を出て行こうとしたときだった。

「ああ、言い忘れたが、明日、大黒屋《だいこくや》で上田助左衛門殿の親戚の娘と会う約束になっている。おろく殿とおっしゃるそうだ。前田重友《まえだしげとも》様のご息女らしい」

千蔭は勢いよく振り返った。

「前田重友様とおっしゃると、奥右筆組頭《おくゆうひつくみがしら》の……！」

「そうなのだ。わしも改めて聞いて、驚いているところだ」

奥右筆組頭というと、将軍家の機密なども扱う御目見得《おめみえ》の役職だ。町奉行の同心と釣り合いが取れるはずもない。

「上田助左衛門殿の娘御が、前田家に嫁いだということは知っていたのだがな。まさか親戚の娘というのが、前田家の息女とは……」

「ならば、そのおろく殿というのは、上田様の孫娘に当たるわけですか？」

「いや、それがそうではないらしい。前田殿が外で拵《こしら》えた娘を養女にしたとか、そういう話だ。しかも、前田殿はおさかんで、名前の通り……」

「六女というわけですか」

千蔭は少し呆れたようにそう言った。

それで少し納得する。前田家にとっては、大事な娘というよりも、むしろみそっかすの厄介者《やっかいもの》として捉えられているのかもしれない。しかも、若いうちならまだしも、二十八にもなれば、どこでもいいから片付けてしまいたいというのが本音《ほんね》であろう。

しかし、それにしてもやはり、不釣り合いであることには変わりはない。千蔭は困惑したような顔をしている。

「それから、向こうが言うには、双方ともよい大人なのだから、付き添いなど無しで会いたいということだ。だから、わしは一緒に行かぬ。おまえひとりで行ってこい」

「それは別にかまいませぬが……」

千次郎は、筆を置いて振り返り、にやりと笑った。

「相当な変わり者らしいが……なあに、別に取って食われはせぬだろう。もしかしたら、うまくいくかもしれぬ。頑張ってこい」

翌日、千蔭は普段の着流しを止め、羽織袴《はかま》で組屋敷を出た。八十吉も供をする。

とがある。
大黒屋は千次郎も贔屓にしている小料理屋である。今までにも何度か、訪れたこ

いつもの小銀杏ではなく、本多髷《ほんだまげ》を結った千蔭は、きりりと武士らしい拵えだが、どこか浮かない顔をしている。無理もない、と八十吉は思った。

昨日、あれから考えた。

前田重友といえば、家自体は三百石と、御目見得としてはさほど多くはない石高《こくだか》ではあるが、その有能さゆえ、奥右筆組頭の役目についている方である。たとえ、養女だとしても、その娘を妻に欲しがる人間はいくらでもいるはずだ。

それなのに、売れ残っているということは、美しく気だてのよい女であるはずはない。いや、もし醜女《しこめ》でも心が優しければ、嫁ぎ先は見つかるだろう。醜《みにく》い上に、意地の悪い女に違いないと、八十吉は考えた。

しかも、これほど立場が違うと、千蔭の方から断ることは絶対にできない。そう考えると、八十吉までしょぼくれた気分になってくる。

大黒屋につくと、馴染みの女将がにこやかに迎えてくれた。

「もうお連れ様はいらしていますよ」

約束の刻限にはまだ少しある。女の方は、後からやってくるものだと思ってい

た。

仲居に案内されて、二階の座敷に上がる。

仲居は、襖越しに声をかけた。

「お連れ様がいらっしゃいました」

「ああ、入ってもらって」

女にしては低い声がした。

仲居が襖を開ける。窓にもたれるようにして、外を眺めている女がいた。ゆっくりと振り返る。

驚いたことに、容姿はさほど悪くはなかった。とうは立っているし、顔は長すぎるが、嫁ぎ先に困るほど醜いわけではない。ごく普通の女である。

もしかして、この女は女中かなにかで、本人は厠《かわや》へでも行っているのかもしれない、などと考えていると、女はゆっくりと姿勢を正し、指をついて頭を下げた。

「ろく、と申します」

千蔭もあわてて座敷に上がると、頭を下げた。

「お待たせして申し訳ない。南町奉行所同心、玉島千蔭だ」

おろくは、まじまじと千蔭を眺めた。その顔からはなにを考えているかまったくうかがえない。見合いだというのに、恥じらっている様子も緊張している様子もない。かといって、格の低い相手と見合いをさせられて、腐っているというわけでもなさそうだ。

座敷には、他にだれもいなかった。付き添いはいらぬと言っていたが、まさか武家の息女が供も連れずに出歩くとは思えない。

「四十二回になります」

いきなり、おろくはそう言った。

「四十二回……？」

千蔭は困ったように、その数字を繰り返した。

「わたくしが今まで見合いをした数でございます。二十九回相手方から断られ、こちらからは十三回断りました。玉島様から断られたら、これで三十人目になります」

そう言われたからといって、なんと答えればよいのだ。千蔭は鳩が豆鉄砲を喰《く》らったような顔をしている。

「ですので、玉島様もご遠慮なくお断りになってくださって結構です。もううちの父も母も慣れております」

そう言って、おろくははじめてにこりと笑った。だがそれも、口許《くちもと》だけが笑っているというような様子で、愛嬌《あいきょう》には乏しい。

千蔭はおそるおそるといった様子で座敷を見回した。どうやら、どう対処していいのか困っているようだ。

「連れの方などはどちらにおいでかな」

「供など連れておりませぬ。足があるのですから、どこへだってひとりでまいれます」

おろくは、尖った顎《あご》を軽く上げて、そう言った。

醜いという予想は外れたが、変わり者という点では相当だ。

料理が運ばれてくる。おろくは、すぐに箸を取って、食べ始めた。

千蔭は毒気を抜かれたようにぼんやりとしている。おろくは、箸を動かしながら話を続ける。

「ふた月ほど前も、こちらの大黒屋にまいりました。仲居が八人、男衆《おとこしゅ》が六人ほどいましたが、今日は仲居が九人になり、男衆は五人しかいない様子です。男衆は、どこかに使いに出ているのかもしれませんね」

そして、箸を止めて千蔭を見上げる。

「お召し上がりになりませんの？　とてもおいしゅうございます」

「あ、ああ……」

　やっと我に返ったように千蔭も箸を取った。

「ずいぶん、はっきりとものを覚えておられる」

「そうでしょうか」

「ああ、見合いの数も、大黒屋の奉公人の数も」

「父も母も兄たちも、『そのようなことは覚えていてもなんの得にもならぬ』と言います」

　おろくは、そう言って、首を傾げた。

「でも、数を数えるのは楽しゅうございますわ」

　そして、身を乗り出す。

「玉島様には、たしか十九のお母様がいらっしゃるとか」

「あ、ああ、そうだ」

「お話を耳にしましたが、来年頭にはご出産されるそうでございますね。そうなると、その子が男の子だとして、元服の年には、お母様は三十四。今の玉島様と同い年でございます」

どこかうれしそうにそんなことを言う。お駒に関しては、もっと他に言うべきことがありそうなものだが、と八十吉は心の中でつぶやいた。

「そして、その年にはわたくしは四十三になります。玉島様は四十九です。四十三と四十九を足せば、九十二。では、四十三と四十九をかけると……」

おろくは、目を閉じた。数秒後に目を開く。

「二千百と七になりますわね」

千蔭は、ぽかん、と口を開けて、おろくを見た。

「算術も得意なのだな、算盤《そろばん》もないのに……」

「頭の中で算盤を弾《はじ》くのでございます。実際に算盤がなくても、同じことですわ」

得意げにそう言った後、おろくは急に寂しそうな顔になった。

「でも、こんなことを言うと父も母も兄たちも、愚《おろ》かだと言います。役に立たぬ数を計算して、なんになるというのだ、と」

「愚かなら算術はできぬのではないか」

千蔭がそう言っても、おろくの顔は晴れなかった。

「わたくしは、男に生まれて、商人にでもなりとうございました。そうしたら、一日中、算術をしていられたでしょうに」

「商人でも一日中算術をしているわけにはいかないと思うが。客の相手もしなければならぬし、奉公人なら、ほかにも雑用がたくさんある」

千蔭のことばに、おろくは目を見開いた。

「まあ、それは困りました。じゃあ、わたくしはなんになりたいと願えばよいのでしょう」

千蔭はしばらく考え込んだ。

「金奉行《かねぶぎょう》などはどうだろうか。まあ、これも算術だけというわけにはいかないかもしれぬが、幕府の金蔵《きんぞう》を管理するのだ。計算することは、さぞたくさんあることだろう」

「それはよろしゅうございます。次からそうなりたいと願うことにします」

どうもかみ合っているのか、かみ合っていないのかよくわからない会話だ。

結局、おろくは、料理を食べている間、ずっと算術の話をし続け、食べ終わると、ひとりで帰って行った。

残された千蔭は、妙な顔で首をひねっている。

「今のは見合いだったのか」

「どうでしょうね……」

八十吉の経験に照らし合わせてみると、どう考えても見合いではない。だが、見合いだと言って会ったのだから、やはり見合いだったのではないだろうか。

「相当な変わり者でしたね」

八十吉が考えていたような意地の悪い女ではないようだったが、それでも今まで嫁ぎ先が見つからなかったのも無理はないと思う。

「だが、変わり者だというのはあらかじめ聞いていたわけだしな」

千蔭は先ほどまでおろくが座っていた場所に目をやりながらそうつぶやいた。

「お受けになるんですかい？」

「どちらにしろ、こちらから断るわけにはいかないだろう」

たしかにそれはそうだ。それもあって、同心に見合いを持ちかけたのではないだろうかと、勘ぐりたくなる。

千蔭はふう、とためいきをついた。

「まあ、あれほど急いで帰っていったのだ。心配せずとも、向こうから断ってくるだろう」

喜八が南町奉行所にやってきたのは、その二日後だった。

「うちの旦那が、玉島の旦那にも知らせてこいと言うものですから」

うちの旦那、というのは、北町奉行所の大石新三郎のことである。

「どうかしたのか」

千蔭は書類から顔をあげて、喜八に尋ねた。

「いえ、今朝、大川《おおかわ》から女の土左衛門《どざえもん》が上がりまして、それが……」

喜八はわざとらしく声をひそめた。

「乃の字屋の女将だったんでさあ」

「なに」

千蔭と八十吉は顔を見合わせた。

「三日前、食あたりになった客を送って行ってから行方《ゆくえ》知れずだったということで、番屋に届けが出ていたんですが」

あの日、千蔭たちが乃の字屋を訪ねてから、帰っていなかったらしい。当番月なら千蔭の耳にも入っただろうが、あいにく今月は非番だ。

「玉島の旦那が、食あたりの出た日、乃の字屋を訪ねていたとお聞きしまして、なにかお気づきの点などありましたら教えていただけないかとまかり越しました」

千蔭は、文机の前から立ち上がった。

「直接、新三《しんざ》と話をしよう」

大石新三郎は、自身番にいた。板の間に筵《むしろ》をかけられたなにかがある。冬だから、まだ臭《にお》ってはこないが、女将の亡骸《なきがら》であろう。

千蔭と大石は、なにも言わず、軽く目を見合わせた。

千蔭が筵をめくる。八十吉はわざと、顔を背《そむ》けて、見ないようにした。

当番月でも死体の検分は、できればやりたくない仕事だ。非番のときまで、そんなものを見たくはない。

なにより、八十吉はあの女将に好感を抱いていた。

女だから、醜くなった姿など、だれにも見られたくはないだろう。

「食あたりが出た日かその翌日あたりに川に落ちたわけか」

千蔭のことばに新三郎は頷いた。

「水に長いこと浸《つ》かっていたから、はっきりと判断できぬが、まあ、そういうことだろうな。昨夜落ちたというわけではない」

千蔭は、また筵をかけた。亡骸に手を合わせてから、大石に尋ねる。

「幸四郎はまだ仮牢《かりろう》か？」

「それが、残念ながら、二日前に出してやったのだ。反省しているようだったし、もう二度と同じことはせぬと言うのでな。こんなことになるのだったら、出さねばよかった」

憎々《にくにく》しげに大石はそう言った。

「まだ、幸四郎がやったと決まったわけではないだろう」

「それはわかっている。だが、幸四郎が仮牢にいれば、それもすぐに判断できた。出してしまったからには、また取り調べなくてはならぬ。二度手間だ」

「幸四郎が恨んでいるのは、龍之介ですから、女将を殺すなんてことは……」

八十吉は思わず口を挟《はさ》んだ。大石から、じろりと睨《にら》まれる。

「たとえそうでも、短慮《たんりよ》な男だということは、この前の事件でわかっている。女将と口論になり、かっとなって殺したのかもしれぬ」

大石は煙草盆を引き寄せて、腰の煙管を手に取った。

「それにしても、どこかのだれかは、乃の字屋の疫病神《やくびようがみ》なのではないか。そいつが訪ねた日に限り、乃の字屋に災《わざわ》いが起きる」

千蔭は渋い顔になった。

たしかに、お駒を連れていった日に幸四郎が暴れ込み、食あたりが起きたあとに女将が死んでいる。単なる偶然だが、決して気分はよくない。

「わたしが疫病神だというだけならば、もうこれ以上乃の字屋に近づかなければよいだけの話だが、ことはそう簡単ではあるまい」

大石は旨そうに、煙管から煙を吐いた。死体の横でのんきに煙草が吸えるとは、肝が太いといえばことばはいいが、繊細《せんさい》さの欠片《かけら》もない。

「食あたりの日、なにか気づいたことはなかったか？」

千蔭は首を横に振った。

「あの日は、向宗先生と話をして、すぐに帰ったのだ。向宗先生から話は聞いたか」

「ああ、だが、それについてもおかしなことがある。あの後、向宗先生が、乃の字屋が青菜を買っている八百屋に話を聞いたそうだが、青菜は畑で作っているもので、毒草などが混じるはずはないと言っている。実際、青菜を買った他の客はなんともない」

「後から混ぜられたと？」

「そうだろうな。それこそ、店に恨みを抱いている幸四郎が怪しいが、その日、幸四郎はまだ仮牢だった。江戸に知人もおらぬようだし、あの日以降、だれかに会ったという様子もない。人に頼んでやってもらうこともできない」

だとすれば、あの食あたりも怪しくなってくる。他に乃の字屋に恨みを抱いている人間がいるのだろうか。

千蔭は立ち上がって、あたりを見回した。

「乃の字屋の者はきておらぬのか」

「一応知らせた。だが、主人は昨日から居続けで吉原で遊んでいるらしく、今呼びに人をやっているということだ。のんきなものだ」

千蔭は、眉間に皺を寄せた。吉原というからには梅が枝のところだろう。

八十吉ははっとした。龍之介は梅が枝を身請けしたがっていた。もし、女将がそれを許さなかったとしたら、龍之介にも動機がないとは言えない。

大石は煙管を、煙草盆に打ち付けた。

「そういえば、玉島殿は、前田重友殿のご息女と見合いをされたという話だが……」

「だれに聞いたのだ、それを」

大石は聞こえないふりをするように、煙管をくわえて、吹いた。

今のところ、南町奉行所でも噂になっている様子はない。かなりの良縁だから、もし知っている者がいれば、黙ってはいないだろう。

「あの、算術好きの変わり者の女子《おなご》だろう。うまくいきそうか？」

「知らぬ。会ったは会ったが、あれからなしのつぶてだ」

千蔭の方から断ることもできず、困っていたところである。気に入ったと言ってくるわけでもない。

「新三、おまえ、おろく殿を知っているのか？」

「うちの与力の、西川《にしかわ》殿がおろく殿と見合いをしたのだ。おろく殿は、直接奉行所まで訪ねてきて、お断りになった。そのときに少し話をしたのだ。断ってこないということは、お気に召したのではないか？」

北町の西川と言えば、かなりの色男だが、その分、女癖《おんなぐせ》が悪いことで知られている。八十吉は少しおろくを見直した。とはいえ、直接奉行所を訪ねてくるとは、変わり者であることに違いはない。

大石は少しおもしろがっているような口調で言った。

「おまえとなら、変わり者同士、うまくいくのではないか」

「そうなればよいのだがな」

大石は、驚いたように千蔭を見上げた。八十吉も戸惑った。あれほどの変わり者なのだから、千蔭も嫌がっているものだとばかり思っていた。

大石と八十吉の表情に気づいたのか、千蔭は咳払いをした。

「わたしもうよい年だから、父上や母上にもあまり心配をかけるわけにはいかぬ。おろく殿はたしかに変わり者だが、悪い方ではないように思う。話が進むのなら、わたしは別に嫌だとは思わぬ」

大石はぽかん、と口を開けたまま、千蔭を見つめている。なんと言っていいのか困っている様子だった。

千蔭が出世のことを考えるとは思えないから、おろくが気に入ったというのなら、本当に気に入ったのだろう。だが、おろくならば、まだ梅が枝の方がよいのではないだろうか。

「そりゃあ……」

大石がなにか言いかけたときだった。木戸が勢いよく開いた。

そこには真っ青な顔でぶるぶる震えている龍之介が立っていた。

龍之介はほとんどなにも喋《しゃべ》らなかった。

大石の問いかけにも満足に答えられない様子で、ただ、ぼろぼろと涙をこぼしている。心底、女将の死に打ちのめされているように見えた。

芝居には見えない。これが芝居だとしたら、龍之介はよっぽどの役者だ。

大石たちは、まず幸四郎を取り調べることにしたようだ。たぶん、千蔭や八十吉でもそうしただろう。

だが、幸四郎がそこまですると思えないのも、事実である。

幸四郎の父の死と、女将はまったく関係がない。

帰り道、八十吉は千蔭にそう話した。千蔭もまったく同じ意見だった。

「だが、やはり幸四郎を取り調べぬことにははじまるまい。あの男は、乃の字屋に恨みを抱いていた。たとえ殺す気がなくても、ひょんなことで口論となり、揉み合いになって川に落ちたということもある」

もし、そんなことになれば、幸四郎でなくても逃げるだろう。乃の字屋に恨みがあることは奉行所同心にも知られている。わざとやったと言われても言い逃《のが》れができない。

組屋敷に帰ると、玄関に見慣れぬ履《は》き物が二足あった。ひとつは女物で、ひとつは男物の雪駄《せった》である。

奥から聞こえてくる声でわかった。水木巴之丞がきているのだ。だとすれば、雪駄の主は、巴之丞が可愛《かわい》がっている若手作者の利吉《りきち》だろう。

巴之丞と利吉は、客間で千次郎やお駒と話をしていた。

「千蔭様、お帰りなさいませ。お邪魔しております」

巴之丞が手をついて、挨拶をする。そんな仕草は完全に女のものだ。何度見ても、変になまめかしいようで、背筋がぞわぞわする。

「ごゆるりと」

そう言って、千蔭も座に加わる。すぐにお梶が茶を運んできた。

「ねえ、見て、千蔭様。巴之丞様が、かわいいお菓子を持ってきてくださったのだよ」

お駒がうれしそうに、竹の皮に包まれた菓子を広げてみせる。中にはうさぎをかたどった最中《もなか》が包まれていた。

「大したものではございませんが、あまり食がお進みにならないと聞いたものですから、少し目新しいのではないかと思って、お持ちいたしました」

巴之丞はにっこりと微笑んだ。

「ううん、もうずいぶんいいよ。つわりも日に日に治まってきているようだし」

千蔭は膝を巴之丞の方に向けた。

「改めてお礼に伺おうと思っていたのだが、取り紛《まぎ》れてしまって失礼した。教えていただいた乃の字屋に行ってきたのだが、旨かったし、母上も気に入られたようだ。おかげで助かった」

千次郎も頷いた。

「先ほど、その話をしていたところだ。お駒もあの猪鍋を食べてから、食が進むようになったことだし、本当に巴之丞殿には感謝している」

「今日伺ったのは、実はそのことでございます」

巴之丞の表情が険しくなる。

「乃の字屋で食あたりが出たと聞いて、たいそう驚きました。もし、奥方様や大旦那様になにかあってはと思い、こうして伺った次第でございます」

「いや、それは問題ない。わしらが店に行った日はなにも起こらなかったし、だれも加減が悪くなった者などおらぬ。お駒もわしもぴんしゃんしておる」

「それなら、よろしいのですが……」

「ああ、だから巴之丞殿が気に病《や》むことはなにもない。お駒も喜んでいたことだし」

「それともうひとつ」

ふいに、巴之丞の目が鋭くなった気がした。

「乃の字屋の女将が、亡くなったとお聞きしました」

これには千次郎やお駒も驚いたようだった。

千蔭は湯呑みを置いて、巴之丞を見た。

「耳が早いな」

「それは本当なのか」

千次郎の問いかけに千蔭は頷いた。

「本当でございます。今朝、遺体が見つかりました。どうやら川に落ちたようです」

「足を滑らせたかなにかか？」

「それは北町が今検分しているところでございます」

ふいに今まで黙っていた利吉が、口を開いた。

「そのことでございます。三日前、わたしは、乃の字屋の女将を見かけました」

三日前というと、食あたりが出た日である。

「どこで見かけた」

「乃の字屋の近く、数軒ばかり離れたところでしょうか」

だとすれば、別に不思議なことではない。客を送っていく最中か、戻ってきたときか。

「ですが、どうも様子がおかしかった。道行く人も、その女を避《よ》けて歩いていました。それで不思議に思い、よく見たところ、乃の字屋の女将で驚いたわけでございます」

「様子がおかしい？」

「ええ、まるで酒に酔っているように、あっちへふらふら、こっちへふらふらしておりました」

千蔭は眉をひそめた。

「昼間であろう」

「七つ半ほどでございましょうか」

千蔭たちが訪ねた後のことだ。

「本当に酒に酔っていたとしたら、そのせいで、川に落ちたかもしれぬな。わかった。北町に知らせておこう」

もしかしたら、この知らせは幸四郎にとって吉報かもしれない。女将が酒を飲んでいたとしたら、だれもが事故だと考えるだろう。

「だが、店で食あたりが出たばかりのときに、酒を飲むような女だとは思えなかったが……」

千蔭はひとりごとのようにつぶやいた。

巴之丞も頷いた。

「ええ、わたくしもそれを聞いてそう思いました」

「今思えば、あのとき声をかけて、様子を見て店に連れて行けばよかったと思います。店のすぐそばだし、放っておいてもよいだろうと考えてしまいました」

利吉は珍しく神妙《しんみょう》な顔で、唇を噛む。

「まあ、川に落ちたのがその日だと決まったわけではない。気にするな」

千蔭はそう言ったが、女将はその日から店に戻っていない。そのあと川に落ちたと考えるのが自然だろう。

しばらくの間、だれも口をきかなかった。親しかったわけではないが、女将のことはここにいる者はみな知っていた。

空気を変えようとするように、巴之丞が口を開いた。

「そういえば、先ほどお聞きしましたが、千蔭様には、おめでたいお話がまとまりそうだとか、梅が枝が聞いたら、さぞ悔しがることでございましょう」

「いや、まだそこまでの話ではない。見合いをしただけで、向こうから断ってくるかもしれぬ」

「ああ、先ほど、前田家の方から知らせがきてな。この話を進めてほしいということだ」

千次郎はのんきにそんなことを言った。

「それは……」

千蔭はそう言ったきり絶句した。どうやら、断られるものだと思っていたようだ。

しかし、巴之丞が知ったということは、遠からず梅が枝の耳にも入るということだ。ややこしいことにならなければいいが、と、八十吉は考えた。

お駒が興味津々《しんしん》といった様子で身を乗り出した。

「算術が好きな女の人だったよね。どう、わたしと気が合いそう？」

「それは、わたくしにはわかりませぬ」

千蔭はそう答えた後、少し考え込んだ。

「だが、ひとつ、母上と似ているところがございます」

「どんなところ？」

「母上も、おひとりで、組屋敷までいらっしゃいました」

千蔭のことばを聞いて、八十吉はお駒とはじめて会ったときのことを思い出した。見合い相手の千蔭の顔を見ようと、生け垣から庭をのぞいていたのだ。

あのときは、まだほんの小娘だと思っていたのに、時というのはあっという間に過ぎるものだ。


翌日、千蔭は奉行所には出仕せずに、浅草寺《せんそうじ》にほど近い棟割《むねわり》長屋を訪ねた。大石新三郎から、幸四郎がそこに住んでいると聞いたからだ。

井戸端で遊ぶ子供から、幸四郎の住まいを聞いた。便所のすぐ隣の、じんわりと臭気が漂《ただよ》う汚い処《ところ》だった。千蔭は声をかけた。

「幸四郎、いるか」

がらがらと障子《しょうじ》が開き、顔を出したのは、丸い顔をしたおばさんだった。

「あら、また、お役人様ですか」

「いや、役目できたわけではないのだ。幸四郎が寝付いているというから様子を見にきただけだ」

「まあ、それはそれは。幸さん、お役人様がいらしてくださいましたよ」

おばさんは、中に向かって声をかけた。障子を開けて、千蔭たちを通す。

幸四郎は、せんべい布団《ぶとん》の上に横になっていた。千蔭の顔を見て、ゆっくりと身体を起こした。

「たちの悪い風邪をひいたと聞いたが……どうだ、様子は」

「はい、ずいぶん具合もよくなりました。おくみおばさんのおかげです」

「いやね。ひとりもんで、江戸には身よりもないというから気になって、ねえ。まあ、よくなってよかったよ」

おくみと呼ばれたおばさんは、人のよさそうな顔に笑みを浮かべて、片手を振った。

幸四郎の目は落ちくぼみ、げっそりと痩《や》せている。

「仮牢で、悪い風邪をもらったんだね。あんなところに行くもんじゃないよ」

おくみは、そう言った後、長屋を出て行った。千蔭たちがゆっくり話せるように気を配ってくれたらしい。

「いい人がいて、よかったな」

「はい、隣のおばさんで、今までは挨拶しかしなかったのですが、風邪をひいてかららいろいろ世話を焼いてくださっています。よくなったら、なにかお礼をしたいのですが……」

そう言った後、少し咳き込む。

「大丈夫か」

「ええ、もう今日はおかいさんなどもいただけるようになりました。咳もかなり落ち着いています」

おかいさん、というのは粥のことだろう。上方の人間は妙な言い回しをする。

しかし、この様子を見る限り、大石が言ったことに間違いはないようだ。

幸四郎は、仮牢から帰ってくるなりぶっ倒れ、三日三晩熱にうなされ、ようやく少しずつ快方に向かっているという話だった。長屋の隣人がつきっきりで看病をしており、とても長屋を抜け出して、女将を川に突き落とすなどということができる状態ではなかったらしい。

利吉と同じように、女将がふらふらしているところを見た人間はほかにもいたらしいから、どうやら事故ということで片付きそうな気配だった。

「乃の字屋の女将のことは聞いたか」

千蔭のことばに幸四郎は頷いた。

「なにやら……恐ろしくなりました」

「恐ろしくなった？」

「父の死に方と一緒なのです。父も用水路に落ちて溺《おぼ》れて死にました。酒に酔ってふらふらしているのを見た人がいるというのも、父と同じです。龍之介が父を陥《おとしい》れたのではないかとは、今でも思っています。ですが、父が自分でその仇《あだ》を討ったような気がして……それが恐ろしゅうございます」

「仇を討つのなら、龍之介だろう。女将にはなんの咎《とが》もない」

「そうかもしれません。ですが、どちらにせよ、恐ろしくなったのは本当のことでございます。病がよくなれば、もう京に帰って、なんとか山くじら屋を立て直す算段を考えようと思います」

「その方がよいとわたしも思う。恨みに凝《こ》り固まっていてもよいことはない」

「はい……」

幸四郎は深くうなだれた。

病み上がりの幸四郎をあまり疲れさせるのもよくない。千蔭たちは、早々と長屋を出た。

幸四郎は女将の死には関わりがない。それは千蔭も得心したようだ。

だが、ひとつだけ、どうしても腑《ふ》に落ちないことがある。なぜ、女将は店が食あたりを出した後に、酒を飲んだりしたのだろう。

もともと酒は嫌いではなかったらしいが、かといって、酩酊《めいてい》するほど深酒をしたところは使用人たちも見ていないという。あまりにも不自然だ。

千蔭は、ひとりごとのようにつぶやいた。

「梅が枝に話を聞いてみるか。食あたりが出た日も、女将の亡骸《なきがら》が見つかった日も、龍之介は梅が枝のところにいたらしい」

ちょうど、ここまでくれば、吉原はすぐそばだ。たしかに、そこまで足を延ばしても大した手間ではない。

昨日の話は、もう梅が枝に伝わっただろうか。巴之丞と梅が枝は、顔が似ているだけではなく、どこか姉弟《きょうだい》のようなところがある。お互い孤児で、幼い頃から知っているせいもあるのだろう。巴之丞に話したことは梅が枝に筒抜《つつぬ》けだし、その逆もある。遅かれ早かれ伝わるとは思うが、昨日の今日である。まだ梅が枝は知らないかもしれない。

千蔭たちはその足で吉原の青柳屋を訪ねた。

まだ早い時間のせいか、梅が枝は座敷にも出ずに自分の部屋にいた。妹分の遊女と双六《すごろく》をして遊んでいる。

「おや、千蔭様。お見限りだねえ」

梅が枝は、千蔭の顔を見るとうれしげに微笑んだ。妖艶な女だが、そんなときは少し子供っぽく見える。妹分を下がらせると、千蔭と八十吉に座布団を勧めた。

「会いにきてくれてうれしいよ、と言いたいところだけど、大方、龍之介さんのことだろう」

「そうだ。悪いな」

千蔭がそう言うと、梅が枝はくすくすと笑った。

「そう言うときは、お世辞でも『お主の顔も見たかった』とでも言うものだよ」

梅が枝の機嫌《きげん》はいい。どうやら、縁談の話はまだ伝わっていないようだ。

「龍之介さんのところの、おかみさんが亡くなったそうだね。乃の字屋の男衆がそう言って、迎えにきたよ」

「ああ、どうやら、酔って川に落ちたらしいんだが……どうも不審なところがある」

「どんな?」

千蔭は事情を説明した。梅が枝は双六の駒を弄《もてあそ》びながら、黙って聞いていた。

「たしかにそれは変だねえ。龍之介さんから、ときどきおかみさんの話は聞いていたけど、くだけたところのないおもしろみのない女だと言っていたよ。酔っぱらうほど酒を飲むなんてことは、一度も言わなかった」

「たとえ酒が好きでも、そんな日に飲む気にはなれぬはずだ」

女将が家まで送った客も、酒を勧めたりはしていない。もし、女将が酒を飲んだとすれば、その後、たったひとりで居酒屋かどこかで飲んだことになる。そんなことをするような女には見えなかった。

「梅が枝、龍之介の身請けの話はどうなった」

藪《やぶ》から棒に尋ねられて、梅が枝はきょとんとした顔になる。

「あれかい。あれなら、最初に断ったよ」

「最初に？」

「ああ。お座敷に呼んでもらうなら、悪い人じゃないけど、囲われるのはぞっとしないよ。あの人ったら、おかみさんを離縁して、わたしを内儀《ないぎ》にするとまで言ったけど、それだってごめんだよ。そんなことをする人なら、もしわたしがおかみさんになったって、別の若い遊女にいれあげて、同じことをするかもしれないじゃないか」

たしかに、梅が枝の言うことは筋が通っている。

「吉原で遊ぶのはいいけど、そのせいでおかみさんを大事にしないような男はごめんだよ」

遊女という仕事に就《つ》き、遊ぶ男たちを身近で見ているせいで、梅が枝はよけいにそう思うのかもしれない。

「前に話を聞いたときは、断ったなどとは言わなかったではないか」

梅が枝はしれっと答えた。

「だって、千蔭様にやきもちを焼いてもらいたかったのだもの」

千蔭は首をひねった。

千蔭がなにを考えているのか、八十吉にもわかった。

もし、梅が枝が色よい返事か、もしくは焦《じ》らすような返事をしているのに、女将が身請けの金を出そうとしなければ、龍之介にも動機があることになる。

だが、もともと断っているのなら、龍之介にも女将を殺す理由はない。

女将の死には未だ、不自然なところがある。だが、女将の死で得をする人間はだれもいない。乃の字屋の使用人たちにも、女将は慕われていた。

やはり、単なる事故なのだろうか。

ふいに、梅が枝が口を開いた。

「そういや、千蔭様、縁談がまとまりそうなんだって。なんでも、ものすごい良縁だという話じゃないか」

八十吉は飲んでいた茶に噎《む》せそうになった。

「どんな人かい？　きれいな人？」

梅が枝は好奇心で目をきらきらさせて、身を乗り出している。

「一度会っただけだから、まだよくはわからぬ。梅が枝ほど美しいわけではない」

千蔭のことばに、梅が枝は口を尖らせた。

「なんだい。今まで一度だってきれいだなんて言ってくれたことなかったのに、奥方になる人とくらべて、そんなことを言うのかい」

「単なる事実だ」

梅が枝はくすくすと笑った。その様子はいつもと少しも変わらない。

八十吉は、少し呆れたような気持ちで梅が枝を眺めた。

今まで、あれほど千蔭のことを慕うようなことを言ったり、起請文を渡したりしていたのも、遊女の手管《てくだ》か、単に堅物《かたぶつ》をからかうようなつもりだったのだろうか。

縁談の話を聞いても、少しも腹を立てている様子はない。

「でも、千蔭様がお話をお受けになるというのなら、ちゃんと理由があるんだろう。相手方がよい家柄だからだけではないだろう」

千蔭は少し考え込んだ。

「本当に、まだおろく殿のことはよくわからぬ。ただ……」

「ただ？」

「嘘のない女性だと思う」

八十吉ははっとして、千蔭の顔を見た。たしかに、おろくは変わり者だが、なにかを偽《いつわ》ったり、ことばを飾ったりするようなことは一度もしなかった。

「なるほどねえ。嘘ばかりで飾り立てている遊女には耳が痛いよ」

「いや、そういう意味で言ったのではない。遊女の嘘は、遊ぶ方も納得ずくではないか。それとは話が違う」

千蔭があわててそう取り繕《つくろ》う。

「わかっているよ。千蔭様は嫌みを言うような人ではないもの」

梅が枝にそう言われて、千蔭はほっとしたような顔になった。

「千蔭様がそうおっしゃるのだから、きっとよい人なのだろうね」

梅が枝はそう言って微笑した。

その顔が少し寂しげに見えたのは、気のせいだろうか。

「どうもわからねえことばかりだ」

八十吉は火鉢《ひばち》の前で一杯やりながら、そうひとりごちた。

「すぐわかることばかりなら、あんたの役目はいらないよ」

だれに向かって言ったわけでもないのに、女房のおしげが答える。

おろくが気に入ったという千蔭の気持ちもよくわからないし、千蔭の縁談のことをまったく気にしない梅が枝の気持ちもわからない。なにより、なぜ女将があんな日に酒を飲んだのかがわからない。北町奉行所では「食あたりが出たせいで、むしろ自棄《やけ》を起こして酒をあおってしまった」と考えているらしいが、実際に女将を知っている八十吉にとっては、少しも得心できない。

珍しく飲みたいような気分になって、帰り道に一升徳利《いっしょうどくり》を買ってきたのだ。湯呑みで冷や酒をちびちびやっていると、少しずつ気分が晴れてくる。肴《さかな》は煮売り屋で買ってきた焼き豆腐だけしかないが、なに、それがなくなっても、塩でも舐《な》めながら飲めばいい。

おろくのことは、まだわからなくもない。千蔭から断るのも難しい話だし、意地が悪いとか、妬《ねた》み、嫉《そね》みが強いなどという性格でもなさそうだ。千蔭になら、もっといくらでもよい娘がいると思うから納得できないだけで、八十吉が口を出すような話ではない。

酒のせいか、舌がよく回る。八十吉は珍しく、おしげに最近の出来事を話した。今日の梅が枝の様子についても話す。

「あれだけ、若旦那のことが好きなようなことを言っていたのに、遊女ってもんは、本当、底が知れねえ」

そうつぶやくと、おしげは呆れたように言った。

「あんたは馬鹿だねえ」

「馬鹿とはなんだ」

「女には、女の意地ってもんがあるんだよ。惚れているからこそ、その相手に良縁があれば、ごねてみっともないところを見せたくないんじゃないか。家柄だけで鼻持ちならない相手というのなら、まだ負けたくない気持ちはあるだろうけど、そういうわけじゃないんだろう。若旦那が気に入っているのなら、願ってもない話じゃないか。言いたいことだって、ぐっと飲み込んでいるんだよ」

八十吉は、ぽかん、と口を開けて、女房を見た。

おしげは、何事にもおおざっぱで、色気の欠片もないような女だ。だが、それでも梅が枝の気持ちはわかるというのだろうか。

「あたしゃ、吉原にも岡場所にも行ったことはないけど、それでもわかるよ。華やかに見えるけど、きっと嫌なことはいくらでもあるし、辛抱《しんぼう》だってしなければならない仕事だ。梅が枝さんは、ちゃんとわきまえているんだよ。今まで若旦那には奥様がいなかったから、戯《ざ》れ言《ごと》のように好きだのなんだのと言えたけど、同心だって武士の家には変わりはないよ。遊女が奥様になれるはずはないってことは、知っているんだよ」

あの、気が強く、嫌な客はどんなに金払いがよくても相手にしないという梅が枝にそんな一面があるとは今まで思ったこともなかった。だが、言われてみれば、たしかにそうかもしれない。

梅が枝は梅が枝なりに、ずっと覚悟を決めていたのかもしれない。そう思うと少し哀《あわ》れな気がした。

急に酒が味気なく感じられて、八十吉は湯呑みを置いた。

「ねえ、あんた、あんた」

いきなり揺り起こされて八十吉は目を開けた。おしげの四角い大きな顔が目の前にあった。

もう朝かと思ったのに、あたりはまだ真っ暗だ。いったい、おしげはなにを思ってこんな時間に起こしたのか。

「ちょっと思いついたことがあるんだけど、聞いておくれよ」

「なんだよ、明日の朝にしねえか」

八十吉がそう言ったのに、おしげはかまわず喋りはじめた。

うっとうしい、と思ったのも、最初だけだった。眠気はいつの間にか吹っ飛んでいた。

おしげが話し終えると、八十吉は叫んだ。

「でかした、おしげ。さすがおれの女房だ！」


夜が明けると同時に、八十吉は組屋敷へと駆け込んだ。話を聞いた千蔭も深く頷いた。たしかにそれで、すべてが繋《つな》がるのだ。

北町奉行所に使いを出し、千蔭たちは乃の字屋を訪ねた。問い詰めると、龍之介は大人しくそれを認めた。おしげの想像に間違いはなかったのだ。

「それで、結局なにが原因だったのですか」

巴之丞は興味深そうに身を乗り出して聞いた。

すべてが片付いた後、千蔭は巴之丞にことの次第を話すため、中村座を訪れていた。

「紅天狗茸《べにてんぐだけ》だ」

千蔭がそう答えると、巴之丞は目をしばたたかせた。

「紅天狗茸、と申しますと、あの赤い毒茸でございますか」

「そうだ。だが、見かけは派手で恐ろしげだが、実はあれはさほど強い毒ではないというのだ。そして、あの茸は」

千蔭は、一度ことばを区切ってから、続けた。

「恐ろしく旨いという話だ」

おしげの母親は信濃《しなの》の生まれだった。信濃では、紅天狗茸を塩漬けにして毒を抜き、食物の少ない冬に食べるという。そして、幸四郎の父親、山くじら屋の初代も、信濃の生まれだったという。

「山くじら屋の味の秘密は、紅天狗茸の塩漬けだった。塩漬けにして毒を抜いて、それを出汁《だし》につかっていたのだ」

幸四郎の父親が味の秘密を守り続けたのも無理はない。毒茸を使っていると知られたら、客はがたんと減るだろう。

龍之介は、その秘密を必死で探った。やがて、塩漬けにした茸が怪しいと気づいたが、その茸の種類まではわからなかった。ここまで自力で見つければ、さすがに主人も教えてくれるだろうと、龍之介は主人を茶屋に呼び出して、茸を突きつけて種類を教えてくれるように頼んだ。

「だが、龍之介に問い詰められた主人は、その茸を取り上げて、その場でむしゃむしゃ食ってしまったというのだ」

よほど、秘密を知られたくなかったのだろう。

「龍之介は、主人に教えてもらうことをあきらめた。だが、主人の生まれ故郷である信濃に目をつけ、自力でその茸が紅天狗茸だということを見つけたのだ。龍之介は主人が死んだことを知らなかった。後でそれを知ったときも、まさか主人の死が、自分の責任だとは考えなかったらしい」

幸四郎の父が用水路に落ちたのは、紅天狗茸のせいである。いくら毒抜きをしてあったとしても大量に食べれば、身体に異変は起こる。

「紅天狗茸の毒は、幻覚と酩酊を起こす。ふらふらとしているうちに、用水路に落ちてしまったのだろう」

そして、乃の字屋で起こった食あたり。あれも、紅天狗茸が元である。

もともと、幸四郎の父親のように扱いになれていたわけではなく、聞きかじりで手を出した茸の毒抜きだ。うまくいかなかったのも無理はない。

「女将はそれを隠そうとしたのですね」

実際に食あたりを出してしまい、その原因が使っていた毒茸だと人に知れれば、客足は途絶えるだろう。食べて死ぬ毒ではないことは女将も知っていた。

「隠すためにそれを食べたのですね」

幸四郎が、父親の死と女将の死が似ていると感じたのも道理だ。ふたつとも、同じ茸に中毒して起こった死だった。

女将の死は、だれのせいでもない。しいて言えば、そんな危ない茸を使った龍之介が悪いが、それでも女将を殺そうとしたわけではない。

噂はすぐに広まるから、もう乃の字屋に客はこないだろう。龍之介は自分のやったことの報いを受けたことになる。

「やはり、あの店をお薦《すす》めしたのは間違いでした。奥方様になにもなくて、本当にようございました」

巴之丞はそう言って頭を下げた。

「いや、巴之丞殿が悪いわけではない。それに、母上は喜んでいらっしゃる。滅多《めった》に食べられないものが食べられた、とおっしゃってな」

実際、あの猪鍋のおかげで、お駒の具合がよくなったのも事実である。

巴之丞は少し遠い目をした。

「あの猪鍋がおいしかったのも当然でございますね。あれは食べてはならぬものだったのですから」

河豚《ふぐ》と同じで、危ないものは旨いのだ。

桜ほろほろ

五十嵐佳子

表戸を開けると朝の白い光が帯になって差し込み、さゆはまぶしさに目を細めた。薄雲がたなびく明るい春の空だ。

日はのぼったばかりだというのに、店の前をはく小僧や打ち水をする女中の間を縫うように、野菜や乾物を山と積んだ大八車《だいはちぐるま》や、棒手《ぼて》ふりが足早に行きかっている。伊勢町堀《いせちょうぼり》のほうからは荷揚げ人の野太い掛け声が波のように聞こえた。

「おはようございます」

隣の木戸番《きどばん》の女房・民《たみ》が愛想《あいそ》よく、さゆに声をかける。番小屋の前はすでに箒《ほうき》の目がつくほどきれいにはきあげられていた。

「今日もお天気になりそうですね」

さゆが空を見上げながら微笑《ほほえ》む。

民はいつもの『十三里《り》』ではなく『金魚』と書かれた幟《のぼり》を立てた。

「あら、お芋は?」

「昨日でお仕舞い、今日からは金魚です。桜ももうすぐだし。熱々なんて野暮《やぼ》でしょ」

民は小太りの肩をすくめた。

番太郎《ばんたろう》の佐吉《さきち》は三十半ばのうすぼんやりした男だが、民とは幼馴染《おさななじみ》で、子はないものの夫婦仲はむつまじい。

番太郎の少ない給金の足しにするために民は内職に精をだしていて、草履《ぞうり》や蠟燭《ろうそく》、鼻紙、子どもが喜びそうな駄菓子《だがし》や玩具などを番小屋に細々《こまごま》と並べている。冬の間は焙烙《ほうろく》で焼く芋を目当てにやってくる娘や女たちも多かった。

十三里は焼き芋のことで、『栗《くり》（九里）より（四里）美味《うま》い十三里』という洒落《しゃれ》である。江戸から十三里離れた、さつまいもの名産地・川越《かわごえ》にもかけてある。

けれど民のいうとおり、焼き芋は寒い時季に限る。

「初物《はつもの》好きが集まってきそう。今日は忙しくなりますね」

「だといいんだけど」

民は張り切った顔でうなずいた。

もう花見時かと思った瞬間、時の過ぎる早さが、さゆの胸をついた。

昨年は、美恵《みえ》のお供で、隅田川堤《すみだがわづつみ》の満開の桜を舟から見た。

薄桃色の花が川面《かわも》に映り、まるで桜の雲の中にいるみたいだった。

桜鯛《さくらだい》の早ずし、かまぼこ、蛸《たこ》の桜煮、菜の花のおひたし、打ぎんなん、ひらめとさよりのお造り、白髪《しらが》ウド、紅梅餅《こうばいもち》、椿餅《つばき》……。さゆが腕をふるった重箱を見ると、美恵は、豊かな頰《ほお》をほころばせた。美恵は美味《おい》しいものや珍しい食べ物に目がなかった。

さゆが白髪ウドを勧めると、美恵はくすっと肩をすくめた。

「還暦《かんれき》も過ぎたのに、おさゆは私にもっと長生きをさせるつもりですか？」

ウドを縦に細く包丁で切り、水につけてシャキッとさせた白髪ウドは、長寿を願う縁起物だった。

「ええ。まだまだ。古希《こき》、喜寿《きじゅ》、傘寿《さんじゅ》、米寿《べいじゅ》、卒寿《そつじゅ》、白寿《はくじゅ》、百寿《ひゃくじゅ》が控えております」

「まあ……では、その祝い膳《ぜん》の支度《したく》は、やはり、おさゆにお願いすることにいたしましょう。私が百寿のとき、おさゆは……九十二ですね。覚悟なさい。頼まれても隠居などさせませんから」

軽《かろ》やかに笑うと、美恵は白髪ウドに赤酢味噌《あかずみそ》をつけ、口に運んだ。

あれが美恵との最後の花見になった。夏の終わりにひいた風邪《かぜ》をこじらせ、秋風が吹くのを待たずして、美恵は旅立った。

美恵は、勘定吟味役《かんじょうぎんみやく》、佐渡奉行《さどぶぎょう》、下田《しもだ》奉行、長崎奉行などを歴任した旗本《はたもと》・池《いけ》田峯高《だみねたか》のご新造《しんぞう》様で、さゆは四十年、おそば付きの女中として仕《つか》えた。

これほど長く武家奉公《ほうこう》をするとは、さゆ自身も思っていなかった。ましてや、日《に》本橋《ほんばし》・本町《ほんちょう》の薬種問屋《やくしゅどんや》「いわし屋」の両親は、想像だにしなかっただろう。よい花嫁修業になるからといって、両親は十五歳のさゆを旗本の池田家に送り出したのだ。

翌年になると、見合い話があるから、奉公を辞して戻ってくるようにと、親はたびたび便りをよこした。

美恵も見合い相手を見繕《みつくろ》っては、しきりに所帯《しょたい》を持つよう勧めた。

だが話が持ち上がったときに限って、嫡男《ちゃくなん》の峯暉《みねてる》が疱瘡《ほうそう》になり長く看病の日々が続いたり、親の具合が悪くなって朋輩《ほうばい》の女中が里に戻ったり、峯高の役職があがり祝いの人が引きも切らず、はては美恵が寝込んだりして、うやむやになった。

さゆが是非《ぜひ》にもと願えば、話をすすめることはできただろう。

そうしなかったのは、そのころ、さゆには秘《ひそ》かに胸をときめかせていた人がいたからだった。

峯高が目をかけていた下役《したやく》で、爽《さわ》やかな風貌《ふうぼう》の、優しい物言いをする人だった。五つほど年上で、さゆと目があうと、口元をゆるめてあわてたように会釈《えしゃく》する。峯高と共に膳を囲んだとき、並べた料理がさゆの手になるものだと知ると、目をみはった。房総《ぼうそう》に役目で出かけたからと、料理の神様・高家《たかべ》神社の料理上達御守をさゆにそっと渡してくれたこともある。

だが、その人は公儀《こうぎ》の重鎮《じゅうちん》の娘と祝言《しゅうげん》をあげた。そして峯高が佐渡奉行になると、役方違《やくかたちが》いとなり、池田家には滅多に顔を見せなくなった。

始まる前に終わった恋だった。

見合い話に首を縦にふらない娘に親は業《ごう》をにやして、これ以上年をとったら、相手は再婚のこぶつきしかいないと脅《おど》し文句を並べた文《ふみ》を送ってきたりもしたが、三十を境に、そういう話は、ぱたりとなくなった。

両親が相次いで亡くなったのは、さゆがまもなく四十になろうというころだった。いよいよ危ないという連絡がきて、見舞いに駆けつけたさゆの手を握り、母は苦しい息の中、「ひとりで老いるのは寂しいよ」と繰り返した。

親不孝な娘だったと思う。嫁《とつ》いで子を産み、親に孫の顔を見せて安心させることはできなかった。

今になってみると、なぜ所帯を持たなかったのだろうと思わないでもない。同輩《どうはい》の女中は早々に奉公を切り上げ、みな嫁いでいった。

美恵との相性がよく、目の前のことにただただ一生懸命になってしまうさゆの性分《しょうぶん》のせいもあっただろう。だが、正直にいえば、たまたまだという気がする。

峯高の死後も、隠居した美恵に頼み込まれ、さゆは奉公を続けた。

けれど美恵の死はあまりにあっけなさすぎて、心の中にぽっかりと開いた黒い穴にさゆは呑《の》み込まれそうだった。

それでもさゆはきっちり、美恵の葬儀の奥を取り仕切った。

その後、奥の諸事を引き継ぎ、さゆは池田家を出た。それからもう半年になる。

さゆは思いをふりきるように小さく息をはくと、『蒲公英《たんぽぽ》』と店の名を白く染めた鮮《あざ》やかな黄色の暖簾《のれん》をかけた。


「いいかい？」

五つ半（午前九時）過ぎに暖簾をくぐり入ってきたのは、乾物問屋の隠居・伊兵衛《いへえ》だ。福々しい顔に、ぱりっとした紬《つむぎ》の着物と揃《そろ》いの羽織《はおり》を身につけている。髷《まげ》は細く、髪は半白。そろそろ六十に手が届く。

「いらっしゃいませ」

伊兵衛は、小間物屋《こまものや》「糸屋《いとや》」の女主人・ふみを見つけると、「あ」と手を上げ、慣れた様子で隣に座った。

蒲公英は八畳ほどの店だ。もともとは六畳の板の間に二畳の土間《どま》だったところを、すべて土間に作り替えた。

左奥には、さゆが腰掛けながら団子《だんご》を焼いたりお茶を淹《い》れたりできる場所が設けてある。沓脱石《くつぬぎいし》をはさみ、右奥の飾り棚には、小さな香合《こうごう》と菜の花を活《い》けた水差しが並んでいる。

客は横に長い卓《つくえ》に六つある腰掛に座る。店の前にも長腰掛をふたつばかり置いていた。

「お茶と団子を二本、頼むよ」

「かしこまりました」

さゆは、右側の火鉢《ひばち》にかかっている茶釜から柄杓《ひしゃく》でお湯をとり、湯呑《ゆのみ》に注《そそ》ぎ、小さな急須《きゅうす》に茶葉を入れた。

それから白い団子を四個さした串を二本、左側の小さな四角の火鉢の網《あみ》にのせ、小鍋も火にかけ、たれをあたためる。

適温に冷めた湯を急須に注ぎ、蓋《ふた》をして待つことしばし。一滴残らず湯呑に注ぐ。

表面が少しきつね色になった団子に飴色《あめいろ》のたれをとろっとかけた皿と、湯呑を、さゆは伊兵衛の前にすっと置いた。

「お団子は熱いので気を付けて下さいね」

伊兵衛はゆっくり茶を口にふくんだ。香りと味わいを確かめるように、目を閉じる。ごくりと喉元《のどもと》を通り過ぎるのを待ち、目を開けた。

「上等」

伊兵衛の好みは、湯をほんの少しよけいに冷まし、急須に入れる時間も少し長めにした、まろやかな風味《ふうみ》のお茶だ。

一方、ふみは適度な渋みがある茶が好みで、こちらは少々熱めの湯を用い、さっと湯呑に注ぐ。

伊兵衛はみたらし団子も満足そうにほおばった。

蒲公英では、お茶と団子にそれぞれ六文《もん》（約百五十円）の値をつけている。はじめは、還暦間近の女がひとりで茶屋を切り盛りし、茶代も団子代も町の相場より高いなんてと、眉を顰《ひそ》める近所の者もいた。

だが町で売られている四文（約百円）の団子は、醬油《しようゆ》をかけて焼いただけのものや、みたらし団子と称しても、せいぜいたれにとろみをつけたくらいのもので、さゆの作る甘じょっぱいものとはまったく違う。

多くのお茶屋が出すお茶は、やかんに湯と茶葉をいれっぱなしにしたものと決まっていた。今はすたれてしまったが、若い娘がきれいに化粧し、華やかな着物をまとって店先に立つことで評判になった水茶屋でさえ、桜茶、あられ湯をくわえて二十四文（約六百円）から五十文（約千二百五十円）、中には千文（約二万五千円）払う者までいたというのに、茶濾《ちゃこし》の小笊《こざる》に茶葉を入れ、上から湯を注いだだけのしろものだった。

小さな急須で客それぞれの好みに合わせてお茶を淹《い》れるのは、江戸広しといえど、ここ蒲公英くらいだろう。ひとりにひと急須なので、自分好みの味を楽しめる上、一煎目《いっせんめ》、二煎目、三煎目と、甘味や香り、渋み、苦《にが》みの変化も味わえる。決して高値ではないと通ってくれる、お茶にうるさい客も少しずつ増えていた。

「器量じゃ、おゆうちゃんが三人の中でいちばんだろう」

伊兵衛の声がした。ふみがうなずく。

「そりゃそうだ。あの娘《こ》にかなう者はいないよ。まるでひな人形が歩いているみたいで、女の私も振り返りたくなるもの。色白で、切れ長の目が涼《すず》しげで。その上、おっかさんを助けて店に出て。今じゃ、光風堂《こうふうどう》の看板娘だ」

「おきよさんも、いい娘に恵まれてよかったなぁ。あっこの旦那《だんな》が一年前に急に亡くなって、店がどうなるかと心配したが……、近ごろはおゆうちゃん目当ての客もいるようだし。何にしても、うちの町内から小町《こまち》がでて、鼻が高いや」

ふたりは、日本橋三人小町として読売《よみうり》に描かれた光風堂のゆうの話をしていた。光風堂は辻《つじ》ひとつ先にある小洒落《こじゃれ》た漆器屋《しっきや》だ。

「冷やかしでも何でも客が増《ふ》えりゃ、売り上げもあがるってもんですよ。そのうち、ここいらは、美人の町といわれるようになったりして」

「おふみさんだって、世が世なら小町だよ」

「伊兵衛さんたら、口がうまいんだからもう」

まんざらでもなさそうにふみが笑って、鼈甲《べっこう》の櫛《くし》を髷に挿《さ》し直した。ふみと伊兵衛は幼馴染だが、これまでは商売一筋で、何十年と親しくつきあうようなことはなかったらしい。だが、蒲公英に通うようになり、今では隠居同士気安く世間話をする仲だ。

「おさゆさん、この読売、見た？」

ふみがさゆに、読売を差し出した。

華やかな着物を着た若い娘三人がすました表情で描かれている。赤い鹿野子《かのこ》の手《て》絡《がら》が似合っている真ん中の娘がおゆうだと、ふみがいう。

「みんなかわいらしいこと」

どの娘も若さに溢れ、甘い香りがする桃のようだ。年頃の娘はただそれだけで美しい。

ふたりに二煎目を淹れると、さゆは断りを入れて水屋《みずや》に向かった。

今日は朝からふりの客が多く、団子が足りなくなりそうで、昼前に、仕込み直しをしておきたかった。

かまどに薪《まき》を足し、湯を沸かしている間に、団子の生地《きじ》を作る。

大きな桶《おけ》に上新粉《じょうしんこ》を入れ、水を少しずつ加え、さゆは一気にこねた。団子作りで大事なのは、この勢いだ。

こねおえた生地は、蒸籠《せいろ》でこれまた勢いよく蒸し上げる。もくもくと上がる蒸気の中に、つやつやと生地が輝けば、火からおろし、あとは団子に丸めて四つずつ串にさすという段取りだった。

「おさゆさん、小夏《こなつ》ちゃんが見えたよ」

ふみの声が聞こえたのは、丸めた団子を串にさし終えようかというときだった。

小夏の声が続く。

「そっちが終わってからでいいよ。こっちは急ぎの用向きがあるわけじゃないんだから」

店に戻ると小夏はふみの右隣に座り、世間話に興じていた。小夏はさゆと目を合わせ、目尻にしわを寄せて微笑んだ。右の頰にえくぼが浮かぶ。

「小腹がすいちゃった。お茶とお団子一本をお願い」

「ただいま」

小夏のための団子を焼こうとしたとき、ひと仕事を終えた棒手ふりや職人がどやどやと入ってきた。

「団子を二本」

「おれは三本。お茶はいらねえや」

「おいらにも三本、焼いとくれ」

口早に注文を伝えると、男たちは外の長腰掛に座って大声でしゃべり始めた。同じ値段を払うなら団子だけでいいという若い男たちも多かった。お茶を飲まない客は団子を食べたらすぐに席をたってくれるので回転がよく、それはそれでかまわない。

店がわさわさしだしたのを潮に、伊兵衛とふみが帰っていく。

小夏はさゆに、若いもんのほうを先にやってあげてと、目で合図《あいず》をしてよこした。さゆは堪忍《かんにん》と口の中でつぶやき、うなずいた。

この表《おもて》長屋にさゆが蒲公英を開くことができたのは、小夏のおかげである。

池田家を辞したさゆが戻ったのは、本町一丁目にある実家・いわし屋だった。

いわし屋は蘭方《らんぽう》の薬も扱う名のある薬種問屋で、店構えも四間《けん》（約七・二メートル）と大きく、奥には白壁の蔵が並び、屋敷も広い。

兄夫婦はすでに根岸《ねぎし》の閑静《かんせい》な隠居所に引っ込んでおり、本町には兄の長男の新兵衛《しんべえ》ときさえ夫婦、その息子の良衛門《よしえもん》と娘のあゆが住んでいた。

隠居所に一緒に住まないかと兄はいってくれたが、さゆは悩んだ末に兄夫婦が根岸に移る前に住んでいた本町の離れに暮らすことを選んだ。

春は桜、夏は螢《ほたる》、秋は月、冬は雪を愛《め》でるような静かな暮らしまで、もう少し間《ま》がほしかった。娘時代に過ごした馴染みある町にもう一度住み直してみたかった。

甥《おい》の新兵衛・きさえ夫婦は四十がらみの働き盛り、その長男の良衛門は二十歳、長女のあゆは十六歳と、嫁とり、嫁入りが控えていたが、鷹揚《おうよう》な家風は昔のままで、みな、さゆを快く迎えてくれた。

「叔母《おば》上、これまで十分働かれたのですから、のんびりお暮し下さい」

「おさゆさま、したいようになさって下さいね。池田様につかえ、ご苦労なさったのですから」

甥家族は、ことこと煮込んだおかゆのように優しかった。

朝は女中や小僧の足音で目をさまし、女中が運んできた朝餉《あさげ》を食べる。

小僧や手代が蔵と店を行き来し、薬を積んだ大八車が慌ただしく店から出て行く様を目の端で捉《とら》えながら、さゆは庭の木や花に水をやり、草をひいたりもした。

夕方になっても、いわし屋から人の声が絶えることはない。帳場から聞こえる算《そろ》盤《ばん》の音に急《せ》かされるように、勝手《かって》を手伝おうとしても、「そんなことは女中がいたしますから」と追い払われてしまう。

池田家では、さゆは早朝から身なりを整え、女中の春《はる》とまさを率いて料理を取り仕切り、屋敷を磨き上げた。床《とこ》の間《ま》の折々のしつらえから、客の接待、大勢の奉公人の相談事まで引き受けていた。

それに比べれば、考えられないほど、のどかな暮しだ。

しばらくは来《こ》し方を振り返って暮すのもいいだろうと思っていたが、十日も過ぎると、歯ごたえがない日常にさゆはすっかり倦《う》んでしまった。

きえの勧めで、書の稽古《けいこ》や川柳《せんりゅう》の会、万年青《おもと》が趣味という隠居たちの集まりや芝居見物にも行ったが、おもしろくないわけではないが心が弾《はず》むこともない。

やがてそうした会で知り合った同じ年頃の女、男たちまでもが、近くまで来たからと、ちょいちょい本町の離れに寄っていくようになった。そして隣の誰それが滑って転んだというような話をしていく。女は亭主や嫁の悪口、男は手柄話やうんちく話も多い。

みな悪い人たちではないが、興がのるというほどではない。

このまま、時が過ぎるのを待つような暮らしを続け、年をとっていくのか。そう思わずにはいられなかった。

五十五歳という年になってまで、自分は隠居をしたくないのだろうかと自問もした。

けれど池田家でのさゆの役目は終わったと、誰よりさゆがわかっている。代替わりした池田家では、さゆが女中として一から仕込んだ春が奥をしっかり取り仕切っていた。

独り身を通した自分には、女房や母、祖母という役割もない。

いなくても、誰も困らない。しなければならないこともない。

暇つぶしのように思える日々を重ねる中で、次第にさゆの胸がちりちりしはじめた。

町で小夏とあったのは、気晴らしに神田明神《かんだみょうじん》に参拝に行った帰りだった。

「もしかして、おさゆちゃん？」

昌平橋《しょうへいばし》を渡ったところで、後ろから声がした。振り返ると、小柄ながらふっくらとした白髪の女が立っていた。

「わかんない？　私よ、小夏。子どものころ、お針と書道の稽古で一緒だったでしょ」

笑うと大きな目が糸のように細くなった。右の頰にひとつ、えくぼが浮かんでいる。

さゆの目が驚きで見開かれた。

「小夏ちゃん。わかるわ。……よく声をかけてくれたわねぇ」

「そうじゃないかなって、ずっとつけてきたの、明神様から」

小夏と出会ったのは、さゆが十かそこらのころだ。

小夏は毬《まり》がはねているような娘だった。

黒目がちの目がいつもきらきら光っていて、唇を開くや、よく通る高い声が響く。怖《こわ》いもの知らずで生意気《なまいき》を口走り、師匠《ししょう》にお目玉を食《く》らうこともあったが、明るくさっぱりとしていて、いつもみんなの束《たば》ね役を買って出ていた。

今の小夏は身体《からだ》にはぽってりと肉がつき、背中が少し丸くなっているが、声には相変わらず張りがある。

「何年ぶり？　四十年？　武家奉公したって聞いてたけど。背筋がぴんとしているのはそのおかげ？　まん丸い顔と目はそのままね」

くくくと笑った小夏を、さゆは軽くにらむ。

「ぽんって、呼ばないでよ」

さゆは小夏より、三寸《すん》（約九センチメートル）ほど背が高くすらりとしている。だが狸顔《たぬきがお》のせいで、狸、狸の腹鼓《はらつづみ》からの連想で、当時、さゆのあだ名はぽんだったのだ。

小夏は人が振り返るのも気にせず、大笑いしながら、さゆの袖をきゅっとつかんだ。

「ね、これから暇？　家に帰るだけ？　だったらちょっとうちに寄ってお茶を飲んでってよ。いいでしょ。女中さんには、先に帰ってもらって。こんなところで出会うなんて、明神様のおかげよ。いわし屋さんなら、帰りはうちから駕籠《かご》ですぐだから」

ぐいぐい手を引っ張っていく小夏は幼ないころと変らぬ強引さだ。

ひとり娘だった小夏は実家である瀬戸物町《せとものちょう》の蠟燭問屋・山城屋《やましろや》に今も住んでいた。

お茶を運んできた嫁にさゆを紹介し、あとは自分でやるからと人払いした。

婿《むこ》に迎えた亭主の話、子育て、嫁や孫のこと……聞き上手《じょうず》のさゆに導かれるように、小夏はこれまでの半生を、笑いをまじえて一気に話し倒した。

亭主はまじめがとりえのおとなしい男だったのに、小夏の親が亡くなるや女遊びをはじめ、それなりに苦労もしたらしい。

「でもね、亭主が死ぬときに、これからは商売を息子にまかせて気ままに暮せといってくれたのよ。それで今は芝居見物に花見やら、箱根《はこね》で湯治《とうじ》やら……」

「結構なご身分ねぇ」

「人はそういうけど、ふと居心地が悪くなることもあってねぇ」

「あら、なんで？　小夏ちゃんは家持ち娘で、子どもを立派に育て、店も譲り、孫もいるんだもの。ど～んと構《かま》えていていいんじゃない」

「そっちだって、ついこの間まで奉公してたんでしょ。たいしたもんよ。大店《おおだな》の娘のおさゆちゃんがさ」

小さくため息をつき、小夏は続ける。

「子どもっていったってもう三十七よ。私のことなんか年寄り扱いして、いうことなんて聞きゃしない。孫は生意気盛《ざか》りで寄ってくるのは小遣いがほしいときくらい。……好きにしろっていわれて縁側《えんがわ》でぼーっとしてたら、あっという間にボケそうだし。遊び歩いても、銭《ぜに》を使うばかりじゃ、張り合いがなくってさ」

「……そういうものなのかもね。いつのまにか年をとって。私も、帰ってきてみたらとんだ浦島太郎《うらしまたろう》だもの」

快活で、何不自由なく暮している小夏がさゆと似たような思いを抱いていたのは意外だった。

「役者に首ったけになったり、着物競べに夢中でほかのことは目に入らない、楽しげなばあさんもいるけど、はたから見たらいただけないし……」

「相変わらずの毒舌ね」

くすっとさゆは笑った。すると突然、小夏は内緒話をするように前屈《まえかが》みになった。

「ねえ、子どもの頃、おさゆちゃん、なりたいものがあった?」

首をひねったさゆを見ながら、小夏は続ける。

「あたしんち、男の子いなかったでしょ。物心ついたときからあたしは婿《むこ》をとって山城屋の跡を継ぐって決められてたの。親が選んだ人と一緒になるって」

「山城屋さんは大店だし、他に嫁《よそ》に行って苦労しなくてもいいし、親とずっと一緒に暮らせるし、願ったり叶ったりだったじゃない」

「それはそうなんだけど……自分がもうひとりいたら、あんなこともできるのにって、思ったりするじゃない？」

「小夏ちゃんはあったの？　なりたいもの……教えてよ」

さゆがけしかけると、小夏は子どもの頃のようないたずらっぽい目になった。

「いっちゃおうかな」

「何よ、何？」

「……あたしね、手習いのお師匠《つしょ》さんにあこがれてたの」

「へぇ～。ちっとも知らなかった。お師匠さんねぇ……小夏ちゃん、むいてたかも。しゃきしゃきしていて子どもたちに慕われそうだし、しめるところはぴしっとしめそうだし」

「でしょ！　で、おさゆちゃんは？」

「私？」

気の利《き》いたことをいいたいと思ったが、いうことが見つからない。

帰宅してからも考え続けたが、何も浮かばない。

さゆは、なりたかったものや、やりたかったことがいくら考えても思いつかないことに愕然《がくぜん》とした。

奉公にいったのは親が勧めたからだ。家を離れるのはいやだったが、武家奉公をする娘はまわりにもいて、そんなものかなと思った。

池田家では命じられたことをひたすらやってきた。美恵に「おさゆがいれば、いつだっておいしいものが食べられる」といわれるほどの料理上手になったのだって、なりゆきである。

実を言えば美恵に勝手仕事を割りふられたとき、さゆは困ったことになったと思った。女中が大勢いた実家ではさゆは何もしたことがなく、奉公に出ると決まって包丁《ほうちょう》の握り方から出汁《だし》の引き方まで教えられたが、急場しのぎだった。

だが、料理のさじ加減を覚え、料理が映《は》える器《うつわ》を選び、盛り付けの工夫ができるようになるにつれ、少しずつ楽しくなった。

食通でもある主《あるじ》の峯高が赴任先《ふにんさき》から仕入れてくるさまざまな郷土料理の再現をまかされると、さゆはますます料理にのめりこんだ。

けれど、それも巡り合わせで、自分が望んだこととはいえない。

やってみたいと自ら求めるものはないのか。考え続けているうちに、自分という輪郭《りんかく》が薄れていくような気持ちがしてきた。

悩んだ末に、さゆはいわし屋を出て、表長屋に移り住み、茶屋をはじめることにしたのである。そう伝えると、兄夫婦も甥夫婦も驚きのあまり声を失った。

「長い奉公から戻られてまだ半年にもならないのに」

「何もそんなことをなさらなくても。いわし屋という後ろ盾がありますのに」

「なぜその年で……そんなことを」

けれど年寄りだからこそ、一刻も早く店をはじめたいと言い返すと、兄はしまいに外聞《がいぶん》が悪いと怒り出した。

生まれてから嫁に行くまでは親の言うままに生き、結婚すれば亭主に言われるままに生き、年老いてからは息子の言いなりに生きるというのが女の生き方とされる。独り身の女であってもそれは同じだ。娘時代は親に、親が亡くなれば兄や甥によりかかって生きることを暗黙のうちに求められる。

けれど、さゆは本気だった。

いわし屋の離れで、上げ膳据え膳で暮らしていたら、やがて退屈にも慣れて、いつしかその中に呑み込まれてしまう。うじうじ悩んでいるうちに、きっとそうなってしまう。

どうしていいかわからないときは、とにかく手を動かすことだ。

やりたいことがなければやれることをやろうと、さゆは腹をくくったのだった。供《きょう》するのはお茶と団子だけ。それならば、ひとりでも小さな茶屋くらいはできるだろう。とりあえず損をしなければいい。幸い、池田家からはまとまったものをもらっているし、独り身の娘を案じた親が残してくれたものもある。

このとき、さゆが相談したのが小夏だった。小夏は話を聞いて目を丸くしたものの、数日して、この表長屋を探してきてくれた。

本小田原町《ほんおだわらちょう》は江戸の流通の要《かなめ》ともいえる町で人通りも多い。番小屋が隣という独り身の女にはありがたい立地でもあった。差配人は、店子《たなこ》が小夏の知り合いなら、裏店並の店賃でいいともいってくれた。

以前は年寄り夫婦がザルや籠《かご》を売っていたという店と住まいは古びており、畳や建具《たてぐ》などの手直しは思わぬ出費だったが、一ヶ月前にさゆは蒲公英をなんとか開店することができたのである。

「昔からおまえは意気地《いくじ》のある娘だったからな」

兄は開店の日に夫婦揃ってあらわれ、団子をほおばりながらあきらめたようにいった。

「ああ、おいしかった、ごちそうさまでした」

小夏は団子を食べ終え、お茶を飲み干すと、四文銭を三枚、卓におき、立ち上がった。

「毎度ありがとうございます」

「お団子もお茶も評判よ。さすがお旗本の池田様仕込みね」

小夏はさゆに顔を寄せ、あっけらかんといった。

「小夏ちゃん！　それは……」

さゆはあわてて人差し指を口元にあてた。はっと小夏が口を手でおさえ、肩をすくめる。

自然に出自《しゅつじ》が知れるのは仕方がないが、小夏には口止めをしていた。

隠居するような年で茶屋を新たに開いたというだけで、すでにいろいろと詮索《せんさく》をされている。誰もが知る大店の生まれで、長く武家奉公をしたことなど、伏せておくに限る。

この町でさゆの素性《すじょう》を知っているのは、小夏と差配人、岡《おか》っ引《び》きの友吉《ともきち》だけだ。

「ところで、その鮫小紋《さめこもん》、いいわね。上物《じょうもの》だってひと目でわかる。白い髪に大粒の翡翠《ひすい》のかんざしも、洒落てるわ」

「ありがと」

さゆが身につけているお納戸色《なんどいろ》の鮫小紋の着物と、細縞《ほそじま》の名古屋帯《なごやおび》は渋好みの母の、髪に挿している翡翠のかんざしは美恵の形見《かたみ》だった。

「前掛けとたすきが、よく目立つこと」

途端にさゆの眉が八の字になった。前掛けとたすきは、蒲公英の黄色を模《も》した暖簾の色とよく似た山吹色だ。

「やっぱり。……染め直したほうがいいかしら」

この年で茜《あかね》だすきでもあるまいと、山吹《やまぶき》色に染めてもらったのだが、仕上がったものをみて、目にしみるような色合いにぎょっとなった。とりあえず、身に着《つ》けてはいるものの、気後《きおく》れする気持ちが消えない。

だが、小夏はくったくなくいう。

「商《あきな》い用は派手なくらいがいいの。いかにも蒲公英って気がするじゃない。おさゆちゃんは背丈があるから、意外に似合ってるわよ」

小夏に勢いよく肩をたたかれ、さゆは苦笑した。

「泥大島（紬）に染め名古屋を合わせる小粋《こいき》な小夏ちゃんに、似合っているっていわれたらよしとしますか」

「お上手なこと。いったいどこで覚えてきたのやら。それとも年の功？」

肘《ひじ》をつっついて小夏はクスッと笑い、じゃあねと戻っていった。

夕方、暖簾をしまおうとさゆが外に出ると、西の空がほんのり紅色《くれないいろ》に染まっていた。

通りにはまだ人が絶えない。このあたりの商家はとっぷり日が暮れるまで店を開けていて、最後の買い物客まで逃《のが》しはしない。

そのときぱたぱたと足音が聞こえたと思うや、女が思い切り、さゆにぶつかった。とっさに戸口につかまったものの、さゆは身体を戸に強くぶつけ、一瞬ふらっとした。

それでも、さゆは尻餅をついた女に自分から声をかけた。

「ご無事ですか？」

あわてて立ち上がった女は、さゆを見て、きょとんとした顔になった。

女の目に映っているのは、派手な前掛けとたすきをかけて、戸枠にしがみついている白髪頭の頼りなげなばあさんだ。

「申し訳ありません。前も見ずに走って……そちらさまこそお怪我《けが》は……」

女は眉間《みけん》に皺《しわ》を寄せ、気遣《きづか》うようにいう。年寄りが骨を折ったりでもしたら大ごとだと顔にかいてある。

「私はなんとか……どうぞお気遣いなく」

気の毒なほど恐縮《きようしゆく》している女を慰《なぐさ》めるように、さゆはいった。

女は漆器屋・光風堂のおかみ、きよと名のった。うりざね顔で、はっとするほど目鼻立ちが整っている。今朝、伊兵衛とふみが話していた日本橋小町のゆうの母だとぴんときた。

「私は先日からここで茶屋を営《いとな》んでいるさゆと申します。お急ぎでしょう。どうぞお気になさらずいらして下さいな」

「ご親切に」

だが、きよはもと来た道を戻っていく。さゆは思わず、きよの背中に声をかけた。

「あの、そっちでいいんですか」

「……もう、いいんです」

心なしか、きよの後ろ姿がしぼんで見えた。

前も見ずに走ってきたきよの用件は結局、たいしたことではなかったのかといぶかりつつ、暖簾をおろそうと手を伸ばした瞬間だった。

「あ、いっ……」

腰に痛みが走り、さゆは柱に手をついた。ぶつかったはずみで、腰を痛めたようだ。やれやれと、さゆは弱々しくため息をついた。

隣の金魚の売れ行きはかんばしくないらしく、民は毎朝、焼き芋から金魚に替えるのが早過ぎたとぼやいている。

桜の花の頃は暖かくなったかと思えば、寒気がぶり返す。その日も灰色の分厚い雲が陽を遮《さえぎ》り、底冷えが強かった。

「う~寒い。まるで冬に戻ったみたい。これじゃ、桜のつぼみも首をすくめるってもんよ。いつになったら花見ができるやら」

襟元をかき合わせながらやってきた小夏は、ほっこりとぬくもった蒲公英に入ると、やっと頬を緩《ゆる》めた。

「腰の具合はどう？」

腰掛に座るなり、小夏はいった。

「……起きるときと団子をこねるときがねぇ」

「腰骨のところを腰紐でぎゅっと結んでる？」

「もちろんよ。おかげで動けてるようなもんで」

「なら、そのうち治るわ」

小夏はあっさりという。小夏が腰痛を経験ずみなのは間違いなく、さゆに同情する気配はまったくない。だいたいこの年で、腰痛知らずはそういない。それに、小夏もさゆも、あちこちが痛いという話題しかない年寄りではなかった。

注文のお茶と団子を出すと、「いただきます」と小夏は両手を合わせた。お茶を飲み、団子をひとつ食べ、顔をあげる。

昼の客が一段落したところで、ほかに誰もいなかった。

「ねえ、知ってる？　このところ、光風堂のおきよさんが店に滅多に顔を出さなくなったんだって」

「風邪でもひいてるんじゃないの？　こんな陽気だし」

そういって茶釜の前に戻り、腰掛に座ろうとしたとき、ぎくっとさゆの腰が痛んだ。この腰痛はきよがぶつかったためだとは、小夏に打ち明けていない。

ただ、なかなか治らないのはさゆ自身のせいでもある。慎重にそろそろと立ったり座ったりすればいいものを、たった今、腰痛の話をしたばかりなのに、いつも通りしゃかしゃか動いてしまい、痛みが走って、ああ、腰が悪かったのだと思い出すのだ。

「そうなのかなあ。風邪なら休んでも三日四日じゃない？　これまではおきよさん、毎日、帳場にいたのよ。ご亭主が亡くなってからはずっと。おゆうちゃんがしょっ中、目のまわりを赤くしてるって話もあるし」

小夏は二個目の団子をほおばった。

「日本橋小町の？」

「そう！」

あの日、家に戻るきよの後ろ姿がしょんぼりしているように見えたことを、さゆは思い出した。

「何かあったのかしら、光風堂さんで」

「どうしたのかしらねぇ」

さゆは曖昧《あいまい》に口を濁した。

開店してひと月、馴染み客も増え、客同士、問わず語りをするようにもなってきたが、話が膨《ふく》らんでも、話をふられても、さゆは聞き役に徹している。この店をはじめたときに、そう決めたのだ。

もちろん小夏とは踏み込んだ話もするが、きよが元気がなかった気がするなどと、いい加減なことをいうわけにもいかない。きよとはあのときに一度会ったきりなのだ。

「おゆうちゃんが婿を迎えたら、おきよさんもほっとするんだろうけど。商売熱心で、女癖も酒癖も悪くなく、博打《ばくち》にも手を出さない立派な婿なんて、なかなか見つからないだろうし。そのうえ、あそこには口うるさいことでは町で一、二を争う姑《しゅうとめ》のお静《しず》さんまでいるから」

この町で生まれ育った小夏は事情通だった。

光風堂の亭主・平太郎《へいたろう》は、一年前、突然倒れ、その三日後に、みまかってしまったという。医者の診立《みた》ては、心の臓が弱っていたというものだった。

「おきよさんは、平太郎さんが漆器の仕入れに行った先で見そめた人で、お静さんの反対を押し切って一緒になったのよ。先代の旦那は平太郎さんが八つか九つのときに亡くなって、お静さんは店を守りながら、手塩にかけて平太郎さんを育ててきたからねぇ。お静さんは自分の目にかなった、それなりの商家の娘を迎える心づもりだったんでしょ。ところがおきよさんときたら漆器職人の家の生まれで、商いのことなど何一つ知らなくて、当初はずいぶん苦労したらしいよ」

平太郎を失った姑の静の嘆きはすさまじかったという。ひと目をはばからず、身をよじって泣き続けた。

やり場のない静の苦しみは、やがて嫁のきよに向けられた。

――平太郎の助けになる嫁だったら、こんなことにならなかった。

――おまえと一緒になったから、平太郎は早死にした。

平太郎が倒れたのはきよのせいではないのに、静はきよを責め続けた。

「光風堂が今も変わりなく続いているのは、おきよさんのおかげなのに、お静さんは文句ばっかりいって。自分も早くに亭主を亡くして同じ苦労をしてきたのにさ。あれじゃ、おきよさん、針のむしろだってもっぱらの噂よ」

息子を失った静の辛さ、そしてひとり江戸に出てきて平太郎しか頼る者がいなかったきよの悲しみ……。さゆはたまらない気持ちになった。

夕方、さゆは暖簾をしまうと、つい気になって光風堂に足を向けた。さゆは漆器と瀬戸物には目がなく、光風堂は以前から覗《のぞ》いてみたいと思っていた店でもあった。

光風堂は、間口《まぐち》二間（約三・六メートル）のこぢんまりとした店だった。だが土間は奥に長く、壁の両側の棚、中心におかれた細長い台に品良く漆器の数々が並べられている。

小上《こあ》がりにしつらえられた簡易の床の間には、白木蓮《はくもくれん》の掛け軸がかけてあった。

木蓮は桜と時期を同じくする花だ。春の訪れに心躍らせているかのように枝に止まっている青い鳥はコルリだろうか。

その小上がりの奥の帳場にきよはいた。大福帳《だいふくちょう》を開いているようだった。

「いらっしゃいませ」

小僧の声に顔をあげたきよは、さゆに気づくや、草履をつっかけて土間に下り、駆け寄った。

「いらっしゃいませ。……その節《せつ》は大変失礼いたしました」

顔色は冴《さ》えないが、愛想良くいう。

「一度、こちらのお店の品物を見せていただきたいと思っていたんです。やっと伺うことができました」

「どうぞどうぞ、ごゆっくりご覧になって下さい」

輪島《わじま》のお椀や重箱《じゅうばこ》、会津塗《あいづぬり》のお盆……どれも使い勝手が良さそうだ。

さゆの目をひいたのは、直径四寸（約十二センチメートル）ほどの五枚組の茶托《ちゃたく》だった。黒の漆《うるし》の下に赤が透《す》ける独特の地色《じいろ》で、蒲公英の綿毛が金で描かれている。

「これ、手にとってもよろしいですか」

「もちろんです。さ、どうぞ」

茶托を絹地にのせ、きよはさゆの手の平においた。

「きれいねぇ……越前塗《えちぜんぬ》りかしら」

きよがはっと顔を上げ、さゆの目をのぞきこむ。

「おわかりになりましたか」

「溜塗《ためぬり》でしたっけ」

「まあ、よくご存じで……赤色で中塗りした上から半透明の黒色で上塗りをしているんです。使い込むうちに漆が透けてきて、赤色が強くなります。絵柄は彫ったところに金粉を埋め込んでおります」

「沈金《ちんきん》ですね」

また、きよが目を見張る。

さゆが越前塗りに詳《くわ》しいのは、奉公先の池田家の先代峯高が佐渡奉行のときに、越前塗りを一揃え、持って帰ってきたからだ。

峯高は長崎奉行、下田奉行なども歴任し、そのたびに土地の名物を求め、ご新造様の美恵とさゆにそのうんちくを語って聞かせた。溜塗も沈金も、実物を前に、峯高は持ち味から手入れの仕方、由来まで説いた。美恵も溜塗の銘々皿を気に入り、愛用していた。

「お気に召しましたか」

じっと茶托を見つめながら、さゆがうなずく。

「ええ。とっても。この蒲公英の綿毛のなんて繊細《せんさい》な……。いかほどでございますか？」

「五枚で銀十六匁《もんめ》（約四万二千円）になります」

一瞬、一本六文の団子を何本売らなければならないかと計算した。銀一匁は百五文。……団子二百八十本分二百八十本分だと思ったら、くらくらした。それも材料費抜きで。

だが、蒲公英の柄の茶托など、滅多にお目にかかれない。

「いただきますわ。お店を開いた自分へのご褒美《ほうび》に。ちょっと贅沢《ぜいたく》ですけど、たまにはいいでしょう」

さゆがさらりというと、きよは驚きの表情になった。茶屋のばあさんが気軽に買うような品物ではない。すぐに顔を和《やわ》らげたのは、商売人ならではだ。

「では開店祝いに少し勉強させていただきます。十四匁でいかがでございましょう」

さゆは微笑みながらいった。

「あら嬉《うれ》しい」

そのときだった。奥から険《けん》のある声が聞こえた。

「おきよ！」

　きよは瞬時に頰をひきつらせ、小僧に目配せする。

「大女将《おおおかみ》さん、女将さんは今お客様と……」

　すり足で奥に向かった小僧の声がかすかに聞こえる。

「足が痛い私を放ったらかして……ああ、早く平太郎のそばに行きたい」

　唇をかんでうつむいたきよに、さゆは何も聞こえなかったように明るく話しかける。

「あいにく本日は持ち合わせがなくて……明日か明後日《あさって》、代金を持ってもう一度まいります。そのときまで、とりおきをお願いできますかしら」

「代金はあとで結構でございますよ。どうぞ品物は本日、お持ち下さい。……明後日でしたら、お店まで私がいただきにまいります」

「では、お言葉に甘えて」

　きよはうなずくと、小上がりに戻り、茶托を木箱にいれ、風呂敷で包んだ。

「風呂敷は明後日お返しいただければ結構です」

　さゆが茶托の入った風呂敷包みを受け取ったときだった。

「おっかさん、起きていて大丈夫なの？　無理したらダメだってお医者様もいっていたじゃない」

女中に付き添われて店に入ってきた娘がきよに駆け寄った。色が抜けるように白く、黒目がちの切れ長の目が美しい。形よい眉が心配そうにくもっていた。

「おゆう、お客様ですよ」

きよは穏《おだ》やかに、ゆうをたしなめる。

「あ……いらっしゃいませ」

ゆうはあわてて、さゆに頭をさげた。

「お母さんに似て、ほんとうにおきれいですこと。はじめまして。私は番小屋の隣で茶屋をやっているさゆと申します」

意外なものをみるように、ゆうは目を見開いた。

「茶屋のおかみさん？　まるでお武家様のような……」

あっ、とさゆは心の中で舌打ちした。四十年も武家奉公をしたために、うっかりすると茶屋のおかみさんにはそぐわない、武家風の堅苦しい話し方になってしまう。

「……それでは明後日」

さゆは早々に店を後にした。

夕暮れの道を歩きながら、やはりとさゆは思った。きよは不調を抱えている。

あの日、きよは前も見ずに、走っていた。おそらく行き先もないまま、通りをかけていたのではないか。何かから逃れたかったのではないか。

お節介《せっかい》はいい加減にしないと、と思いつつも、考えずにはいられなかった。

翌日の夕方、そろそろ暖簾をおろそうかと思っていたところに、ゆうが女中と共に店に入ってきた。ゆうは女中と並んで腰掛に座ると、物珍しそうに店内を見回した。

すでに卓の上、飾り棚の上、さゆの手元などの行灯《あんどん》に火をいれている。

「小粋なお店……ね、おあき」

「こんな団子や、江戸でねえと、お目にかかれねえ」

おあきとよばれた女中がこくんとうなずく。まだ江戸に来て間もないのか、お国訛《なま》りが残っていた。ゆうに比べ、背も低く顔も幼い。十二、十三歳くらいのように見えた。

ゆうは団子とお茶を二人分頼んだ。

お針の稽古の帰りだという。

せっかく光風堂のゆうが来てくれたのだ。さゆは昨日求めた茶托をおろすことに決めた。

「まあ、これをお買い上げ下さったんですか」

ゆうはひと目で、茶托が自分の店のものだと見て取った。茶托を持ち上げ、改めてじっくりと見つめる。

「越前塗りの溜塗……おっかさんがうれしそうにしていたわけだわ。これ、おっかさんの兄様が作った茶托なんです」

「まあ、それじゃ、おきよさんは越前の出なんですか」

「ええ。越前は遠いでしょう。あたし、向こうの親戚には一度も会ったこともないんです」

「気軽に行き来できる土地ではありませんものねぇ」

さゆは団子をあぶり、たれをたっぷりかけてふたりに差し出した。

「うんめぇ……甘くてしょっぱくて、もっちもちして。こんな団子ははじめてやが」

かぶりついたあきが、思わずつぶやく。

「ほんとね。お砂糖がたっぷり入っている」

「ほっぺたが落ちそうや」

さゆが砂糖をふんだんに使えるのは、実家のいわし屋から分けてもらっているからだ。砂糖は薬種問屋扱いだった。

「おあきちゃんはいつ江戸に？」

「半年前《はんとしめえ》に」

「お国はどちらですか」

「越前から来ました」

「親元から離れて、寂しいこともあるでしょう」

あきは首を横に振り、江戸では毎日米を食べられるし、おかみさんも優しいからさほど田舎が恋しくはならないと健気《けなげ》に続けた。

それは若さだと、さゆは微笑んだ。さゆも池田家に入った当初こそ、家が恋しかったが、新しい世界に慣れるのに必死になるうちに、寂しさを忘れた。

若いときは未来をみつめる。未来のほうがこれまでよりもずっと長いから。

そのときだった。

「おあきは、うちのおっかさんみたいにならないようになさいよ。……おっかさんは苦労するために江戸に出てきたようなものだもの。商家のおかみさんなんて名ばかりで、朝から晩まで働き尽くめで、ばあさまには文句をいわれっぱなし。頼りにしていたおとっつぁんに死なれた上に、両親の死に目にもあえなくて。……もし実家でなにかあったら、おあきは何もかも放り出して、家に帰っていいんだからね」

突然、ゆうは怒ったようにいった。

そのまましばらくゆうは、思い詰めた表情で唇をかんでいたが、やがてさゆに向かってまた口を開いた。

「おとっつぁんが亡くなった三月後《みつき》に越前に住むじいさまが、またその二月後《ふたつき》にはあさまが死んだんです。具合が悪いという文が届いていたのに、おっかさんは、越前に帰らなかった。店には番頭がいるし、ばあさまの面倒はあたしがみるといったのに。弔《とむら》いにも行かなかった……」

「一年のうちに大切な人を三人も……おきよさんはさぞ、お辛かったでしょう」

立ちいったことはいうまいと思っていたのに、気がつくと、さゆはそう口にしていた。ゆうはこぶしをきゅっと握った。

「おっかさん。おとっつぁんが亡くなったときは、顔をあげてがんばっていたのに、このところ人が変わってしまったみたいに、めそめそしてばかり。……あたしの顔を見れば、大事な人がこの世からみないなくなっちまった、自分も本当に生きているのかどうかわからないなんて繰《く》り言《ごと》ばかりぶつけてきて。あんなにぐちぐちいうくらいなら、越前に帰ればよかったのに。それなのに、ばあさまはそんなおっかさんに相変わらずいいたい放題で……」

ふっと鋭《するど》く息をはくと、ゆうは低い声で続けた。

「娘のあたしのことなんて、おっかさん、どうでもいいのよ。おっかさんにとって大事なのは、越前の両親や死んだおとっつぁんだけ。あたしでは、おっかさんの生きるよすがにはなれないんだ」

さすがに放っておけず、さゆは首を横に大きく振った。

「そんなこと。……おきよさんにとって、おゆうさんは一等大事な人ですよ」

「それなら、なぜおっかさんは、あたしにだけ恨み言をいうの。あたしが辛くなるようなことばかりいうの？　あたしが何をいっても聞いてくれないの……」

ゆうは声を荒らげ、強い目でさゆを見た。

「……おきよさんは、おゆうさんに甘えているんでしょう」

「甘えてる？　おっかさんがあたしに？」

「安心して甘えられるのは、おゆうさんだけだから」

大事な人であればあるほど、その死は受け入れがたい。

ゆうは、きよが沈んでいるのは、実の親の死に目に会えなかったからだと思っているようだが、それだけが理由ではないだろう。たとえ最後に顔を見ることができたとしても、辛さや悲しみ、心の痛みは簡単には遠のいていってはくれない。

亡くなってすぐよりも、ちょっと時間がたったころのほうがもっと辛くなったり悲しくなったりする。

怒りや腹立ちも心に渦巻いてきたりもする。

すべてを呑み込み、気持ちが乱れなくなるまで、心に蓋をしていられたらいいのに、そうはいかないから苦しいのだ。

姑の静は平太郎の死がどうにもならないことだとわかっていても、嫁のきよに暴言をぶつけずにいられない。静に言い返すことができないきよは、ずたずたになった思いをゆうにはきだしている。ほかの誰にもいえないことを、娘だけに。

ゆうがやりきれない思いになるのも道理だ。だが、そのことを思いやる余裕は、今のきよにはないのだろう。

「娘のあたしに甘えてる？」

「誰だって、甘えたくなるときがあるもの」

「そうなのかな、おっかさん……。それでも、愚痴《ぐち》ばっかりいっているおっかさんはやっぱりいやだ。いやだいやだ……」

ゆうは白く細く長い指で、目に浮かんだ涙をぬぐい、湯呑みにお茶を淹れ直しているさゆを見た。

「おさゆさんも、そんなことある？」

「そんなことって？」

「甘えたくなること」

「そうね……甘えられる人がいたらいいのにね」

上目づかいでさゆを見つめ、ゆうはくすっと笑った。

「大人なのに」

「ずいぶん長く生きてきた大人だけど」

さゆは店の前までゆうを見送った。ゆうはさゆに向き直ると、はにかむような表情になった。

「……このことは……」

さゆは口に人差し指をあて、わかってますようとうなずいた。

「またお顔を見せて下さいね」

「越前のばあさま、とても優しい人だったんですって。おさゆさんみたいな人だったのかしら。すっかりぶちまけて、甘えさせてもらいました。おさゆさん、堪忍してね」

ゆうは一礼して、あきと肩を並べて帰って行った。

私はばあさんかと、さゆは苦笑した。だが、ほんの少しでもゆうの気持ちがやわらいだとしたら、ばあさんになったかいもあるというものだ。

その晩、さゆはたくあんを薄切りにし、水にさらし、塩抜きをした。

翌日、きよはなかなか姿を見せなかった。最後の団子も売り切れてしまい、暖簾をおろし、茶托の代金を光風堂に届けなくてはと思ったとき、ようやくきよが顔を出した。

「遅くなってしまって……」

「お忙しかったのでしょう。こちらから伺おうと思っていたところでした。どうぞ、お座り下さいな」

腰掛に座ったきよに、さゆはきちんとたたんだ風呂敷と銀十四匁をさしだした。きよは銭をおしいだいた。

「お買い上げいただき、ありがとうございます。確かに、代金を頂戴《ちょうだい》しました」

それからきよは、ちょっとはじらうような表情になった。

「あの……お団子、いただけます？　ほんとうにおいしいって、久しぶりにおゆうが笑顔をみせたんです」

さゆは困った顔になった。

「ぜひ食べていただきたいんですけど、今日はもう終わってしまって。でも、お茶はどうぞ飲んでいって下さいな。あの茶托で」

心身が疲れているきよには、甘いまろやかなお茶がいい。ぬるいと感じるほどじっくり冷ました湯を用い、急須をゆすらないよう、静かに湯呑に注いだ。

きよはほれぼれと茶托と湯呑を眺めた。湯呑は白地で赤の小花の文様《もんよう》が描かれている。

「有田《ありた》の錦唐草《にしきからくさ》ですね。かわいらしい。この茶托によく映《は》えること……」

「茶托の下地の赤と絵柄の赤が合いますでしょう。おきよさんとおゆうさんがいらしたときには、この茶托をお出ししますね」

きよはうれしそうにうなずき、湯呑をとる。

「……まさに甘露《かんろ》ですわねぇ。お茶が身体にしみていくよう……」

さゆはちょっと失礼しますときよに断り、奥にひっこむやお盆に小鉢を載せて戻ってきた。きよの前に箸《はし》と小鉢をおく。

さゆが目をみはった。

「これは……」

「おきよさんが越前の出だとおゆうさんにお聞きしたので、お好きかも知れないと思って……」

「私のためにこれを？　まさかおさゆさんも越前なんですか？」

驚いたように、きよがさゆを見つめる。

「いいえ、この料理を教えてくれた人がいて……一度食べたら私もやみつきになってしまって、ときどき作るんですの。ご実家の味とは違うかも知れないけど」

古たくわんの煮物だった。

びりっと塩辛いたくわんを薄切りにして何度も水を替え塩抜きして、たっぷりの水と火にかけ、茹《ゆ》でこぼすこと数回。独特の臭いが消えたら、出汁とみりん、醤油、鷹《たか》の爪《つめ》を加え、弱火でコトコト煮て作る越前の郷土料理だ。

越前に赴任した峯高がことのほか気に入り、作り方を聞いて戻ってきて以来、池田家の定番の総菜のひとつとなった。

味をいとおしむように、きよは、たくわん煮をゆっくり食《は》む。また箸を伸ばし、目をつぶり、確かめるようにかみしめる。

目の縁《ふち》が赤くなったと思うや、きよの目に涙が盛り上がった。

「江戸に来て十八年、たくわん煮をはじめて食べました。……ばあさまやおっかさん、おとっつぁん、兄ちゃんや妹と、囲炉裏《いろり》を囲んでいた幼い頃が目に浮かんできて……」

ぽろぽろと大粒の涙がこぼれる。

「こっちに来てこれだけ年月がたって、子ども時代のことなど思い返すこともなかったのに、すっかり忘れていたのに……私のここに残っていたなんて」

きよは右のこぶしで胸をとんと叩《たた》く。

「ばあさまもおっかさんもおとっつぁんも亡くなって……死に目に会えないのは江戸に嫁に来たときに覚悟していたんです。でも、その知らせを受け取ったとき、なんだか自分の足元がぐずぐずと崩れたような気がして……。それからというもの、親が死んだことも、亭主が生きていたことも、自分が今こうしていることも、みな、おぼろに思えてきて」

きよの頰に涙が伝っていく。

さゆはきよの気持ちがわかるような気がした。

同じような思いをしたことがある。

美恵が死んだとき、美恵と共に過ごした日々も失われたような気がした。人など泡沫《うたかた》のようなものに思え、限りある命を生きるのがむなしくなった。

「おきよさんのお母さん、お優しい人だったんですってね。おゆうさんがいってました」

「……おっかさんは、漆器職人の娘でした。いくら腕がよくても職人なんてたいして儲《もう》からなくて、食べるので精いっぱい。だからおっかさん、漆器職人とだけは夫婦にならないって娘のころは思っていたんですって。それなのに、おとっつぁんと一緒になることになって。……でも、私が平太郎さんに嫁ぐために江戸に行くとき、おっかさんは私に、おとっつぁんの女房でよかったっていったんです。そう、なんだか晴れ晴れとした顔で。漆器の良《よ》し悪《あ》しがわかるから、おとっつぁんをいつだって励まし力づけることができたって。何より、兄ちゃんと私と妹に恵まれて、幸せだって。……おまえも、平太郎さんを元気づけ、いたわれる女房になりなさい、子どもを大事に育てなさいって。それから……江戸と越前は遠いから、親孝行ができないと自分を責めたりしないようにって。親孝行の代わりに子どもをかわいがって子孝行をしてやってくれって……」

「まあ、そんなことを……」

後から後から記憶が蘇《よみがえ》ってきたのか、きよの口は止まらない。

「控えめで物腰も柔らかいけれど、おっかさんは芯《しん》が強くてね……負けないって、よくいっていたんです。貧乏にも、ばあさまにも。実家のばあさまも、こっちのお姑《か》さまと同じくらい厳しくて。今の私ならわかる。おっかさんが負けないっていった気持ちが。……おっかさんもがんばって生きてきたんだってことも」

さゆは二煎目を湯呑に注ぎながら、静かにいう。

「おきよさんと会うのはまだ三回目ですけど、なんだか、お母さんとおきよさん、よく似ている……そんな気がしますよ。おとなしく、優しげなのに、おきよさんは平太郎さんが亡くなってからひとりで立派に店を切り回して、おゆうさんを育て、お姑さんのお世話もなさって……芯が強くなければ、とてもできることではありませんもの」

きよが顔をあげた。何かをいいかけようとして、きよはまた口を閉じた。それから両手をしっかり合わせて「ごちそうさまでした」と、深々と頭を下げた。

数日して、江戸の桜がいっせいに花開いた。

蒲公英の常連たちも、やれ上野《うえの》は見事だったとか、やはり飛鳥山《あすかやま》に限るなど、花見の話で持ちきりだ。

店を開いたばかりで、今年の花見はあきらめるしかないとさゆは思っていたのだが、小夏は納得しなかった。

「四十年ぶりにあったのに一緒に花見をしないなんて……。この年で、いつかとか、そのうちとかいって先送りにしたら、次はないかも知れないのよ。行きましょうよ。おさゆちゃんと桜が見たいの。店を休めないのなら、早じまいすればいいじゃない。常連には前もって断っておけばいいわ。花見に文句をいう野暮天《やぼてん》なんていないわよ」

その日、さゆは九つ半（午後一時）に暖簾をおろし、小夏と共に舟で出かけた。

舟から見る墨堤《ぼくてい》の桜並木はえもいわれぬ美しさだった。美恵との去年の花見、さらには娘時代に親や兄と見た桜のことまで……まぶたの裏にありありと蘇ってくる。

向島《むこうじま》の土手《どて》で舟をおり、さゆは小夏と桜の下を歩いた。

墨堤の桜は八代将軍徳川吉宗《とくがわよしむね》が植えさせたものだ。花見に人が集まれば堤が踏み固められ強くなるという思惑があったともいわれる。

なるほど堤の上は浅草《あさくさ》や両国広小路《りょうごくひろこうじ》もかくやと思われるような混雑ぶりで、食べ物や酒を売る屋台が並び、あたりは毛氈《もうせん》を敷いて弁当を広げる人たちでいっぱいだ。酒を呑み、歌を口ずさみ、浮かれている者もいる。

と、さゆは足を止めた。

げていた。


「どうしたの？」

小夏が振り返る。

「あそこ、見て」

「あれま。……光風堂さんじゃない」

さゆがそっと指さした先に、きよとゆう、姑の静が女中のあきと共に、弁当を広げていた。

小夏が信じられないとばかり、目をこする。

「おそろいでどうしたっていうの？　お静さんまで。こりゃ、雪でもふるんじゃない？」

昨日の午後、きよが蒲公英に顔を出したときのことを、さゆは思い出した。

きよは蒲公英でたくわん煮を食べてから、平太郎が好きだったおかずを時折、作るようになったという。

特別なものではない。鰯《いわし》の梅干し煮、菜の花の辛子和《からしあ》え、小松菜と油揚げのさっと煮、ちくわの輪切りを入れたおから……。

そのお菜《さい》を前にすると、「これ、おとっつぁんが好きだったね」「あの子は小さい頃から、これに目がなくって」と、ゆうや静と平太郎の思い出話がはじまるのだと、きよはしゅんと鼻を啜《すす》った。

——これまであの人が死んだことを嘆いてばかりだったのに、おゆうやおっ姑さま、そして私も、泣き笑いして。そうしているうちに、あの人はこれからも私たちを励ましてくれるんだなって思えてきたんです。越前のおっかさんやおとっつぁんも、この世からいなくなっても、きっとそばにいて私を見守ってくれるって。……今もおっ姑さまの剣突《けんつく》は相変わらずですけど、前ほどではないようにも思うんですよ。油断は禁物ですけど。

そういって、きよは微笑み、肩をすくめた。

——いわれてもいいんです。小言と雷《かみなり》をとったら、おっ姑さまじゃありませんから。私も負けるつもりはありませんし……。

そしてきよは、明日、平太郎の好物を重箱にぎっしり詰め、去年、平太郎とともに見た桜の下で花見をするといったのだ。

ふたりの視線に気づいたきよが、口元に笑みを浮かべ、会釈した。ゆうも白い歯を見せ、頭を下げている。

きよがゆうに思いのたけをぶつけるのは、そう簡単には収まらないかも知れない。きよの気持ちが癒《い》やされ、しっかり落ち着くまでは、やはり時がかかるだろう。

それでも、薄皮がはがれるように少しずつよい方向にいきそうな気がした。

礼を返し、さゆたちはまた歩き始めた。

ほろほろと桜の花びらが風にのり、舞っている。咲いたかと思うと、すぐ散る。それが桜のいいところで惜《お》しいところだといったのは、美恵だっただろうか。

そう思った途端、また懐《なつ》かしさがこみあげ、さゆの鼻の奥がつーんとした。

桜が特別な花だとされるのは、桜にまつわる思い出が心の内にたくさんしまいこまれているからではあるまいか。

花に酔いながら、この世に生まれ、さまざまな時をさまざまな人と過ごしてきたことを、人はそれぞれ思い起こすのではないだろうか。

きよとゆう、そして静も、平太郎と過ごした時を恋しく思い出しているに違いない。花の下で、平太郎が好きだったものを食べながら。

思い切って蒲公英を開いてよかったと、さゆは思った。

茶屋に決めたのは、気楽に人が集《つど》える場所だからだ。団子を焼きながら、お茶を淹れながら、人々がどう生きているのか、さりげなく見ることができる。

なりたいものや、やりたかったことを、さゆは自分の中に見つけることはできなかったけれど、蒲公英でさまざまな人と関わるうちに、心が動くような何かに出会うかも知れない。そんな淡い思いも抱いて、踏み出したのだ。

　水色の空から降り注ぐ光が温かい。

「ねえ、せっかくだもの。長命寺《ちょうめいじ》にお参りして、桜餅を食べようよ」

　小夏がいった。長命寺は、隅田川七福神のひとつで弁財天《べんざいてん》がまつられており、その井戸水は長命水とよばれ、三代将軍家光《いえみつ》の病《やまい》を快癒《かいゆ》させたといわれる。

「そうね。長生きと商売繁盛《しょうばいはんじょう》をお願いしなくちゃ」

「まあ、おさゆちゃん、もっと長生きするつもり」

「まだ蒲公英をはじめたばかりだもの。小夏ちゃんはお願いしないの？」

「あらあたしだって、元気で長生きするように、お賽銭《さいせん》をはずみますよ！」

　歯切れよくいって、小夏は足をはやめた。

　なんでもないこんなときがとても愛おしいと感じるのは、年の功だろうか。

　強い風が吹き、さゆの髪を乱したかと思うと、桜の花びらがいっせいに散った。

　思わず足を止め、桜を見上げたさゆに小夏の声が飛んでくる。

「のんびりしてる場合じゃないわよ。急がないと、桜餅、売り切れちゃうから」

　さゆは苦笑して、小夏を追いかけた。

糸吉の恋

宮部みゆき

一

本所深川《ほんじよふかがわ》一帯を縄張《しま》にする岡《おか》っ引《ぴ》き・回向院《えこういん》の茂七《もしち》には、俗に「下《した》っ引《ぴ》き」とも「小者《こもの》」とも呼ばれる手下《てか》がふたりいる。今年四十七歳のお店者《たなもの》あがりの権三《ごんぞう》と、二十歳《はたち》をひとつ越したがまだまだ子供っぽい顔をした糸吉《いときち》という若者である。茂七は五十六歳、長年連れ添った古女房とのあいだには、仲がいいのに子に恵まれなかった。それだから、糸吉は手下でありながら伜《せがれ》みたいなところもある。

新川町《しんかわちよう》の酒問屋で番頭にまでなったという経歴を持つ権三とは違い、糸吉にはこれという過去がない。まあ歳《とし》が若いからということもあるけれど、この若者に、茂七と出会うまでの暮らしのなかで、定まったものがなかったことも事実である。

糸吉は親の顔を知らない。捨て子である。まだ乳飲み子のころ、ほかでもない回向院の境内《けいだい》に捨てられているのを参詣者《さんけいしや》が見つけ、自身番《じしんばん》に連れていった。待っても待っても親が現れず、その月の月番を務めていた差配人《さはいにん》の家に引き取られて育つことになった。

子供のころからはしっこく、くるくるとよく動き、ひとつところにじっとしていられないのが性分であった。糸吉を引き取った差配人は、そのころから茂七とも懇《こん》意《い》の人で、糸吉が育ち上がってくるにつれ、彼の将来の身の振り方について頭を悩ませては、よく茂七にも相談を持ちかけたものだった。

糸吉は、奉公に出しても勤まらず、手に職を付けさせようと、提灯屋《ちようちんや》蕎麦屋《そばや》鋳《い》掛屋《かけや》下駄屋《げたや》鍛冶屋《かじや》と伝手《つて》がある限りの職人のところに修業に出しても、よくて半月と保《も》たなかった。決して怠け者のわけではなく、朝は早く起きるし、雑用も嫌がらないし、手先もそこそこ器用だし、人に好かれる愛嬌《あいきよう》もある。ただ、その愛嬌が過ぎてお調子者で、ひとつのことへ興味が長続きしないのが困りものなのであった。

糸吉の養い親の差配人は、彼が十五の歳に亡くなった。そうして死の床《とこ》から、茂七に糸吉のことを頼んでいった。もしかすると、親分ならあいつの使い途《みち》がわかるかもしれないから、と。

当時の茂七には、文次《ぶんじ》という、ちょっと気弱なところはあるが仕事にはよく馴染《なじ》んだ手下がいたから、特に新しい人手が要《い》ったわけではない。当の糸吉も、茂七の手伝いをしたがっていたわけではなく、このころは御舟蔵《おふなぐら》近くの馬力屋で馬の世話をする仕事にありつき、馬が可愛《かわい》いということもあってか、これが珍しく長続きしていた。厩《うまや》のなかで寝起きをしていたから、とりあえずの住まいもあった。まあ、困ったことがあったら相談に来なというくらいの気持ちで、茂七は糸吉を引き受けた。

ところがそれからしばらくして、手下の文次に願ってもないような婿《むこ》入りの話が来て、茂七の元を離れることになった。にぎにぎしく祝い事が済み、ひと息ついたころ、何を思ったか糸吉がひょっこりと訪ねてきた。

「親分がひとりでぽつねんとなすってると噂《うわさ》に聞いたもんだから……。よかったら何か手伝いましょうか？　あっしね、死んだ差配さんからも、親分の言いつけをよくきいて、親分のお役に立つんだぞって、屹度《きっと》言われてるんですよ」

文次が去って寂しくはあったけれど、別段ぽつねんとしていたわけではない茂七だったが、糸吉のいかにも心配そうな間抜け面《づら》が可愛くて、大笑いをしてしまった。

「そうかい、じゃあ頼もうか。これからおめえは俺《おれ》の手下だ」

そんな次第で居着いてしまった糸吉である。

糸吉も権三も、茂七の手下というだけでなく、それぞれに生業《なりわい》を持っている。権三は昔とった杵柄《きねづか》で、自分の住まっている長屋の差配を手伝い、そろばんをはじいたり帳面をつけたり、持ち前のなめらかな声で店子《たなこ》同士の争いを仲裁したりして重宝がられている。

ところが糸吉の方は、最初のうちは、例によって例の如《ごと》く定まらなかった。やれ飴《あめ》売りだ、やれ屋根職の手伝いだ、やれ井戸がえの人足だと、あちらこちらと腰が据《す》わらない。それはそれで、茂七の手下としての糸吉にとっては、人とのつながりの輪が広がり、利益がないことはないのだが、あまり落ち着かないと、端《はた》で見ていてはらはらしてしょうがない。で、茂七のかみさんが一度じっくりと糸吉を呼んで説教したこともあり、糸吉が彼なりに考えて見つけてきたのが、北森下町《きたもりしたちょう》の「ごくらく湯」という湯屋《ゆや》の仕事だった。

「湯屋にはいろんな連中が出入りするからね。あっしの早耳を活かせるってもんです」

もう一年以上、糸吉はごくらく湯で働いている。掃除と釜焚《かまた》きが主な仕事だが、暇なときは男湯の二階にたむろしているお客たちの相手をし、下手《へた》な将棋を差したり空茶《からちゃ》を飲んだりしてしゃべくっていてもいいという、気楽な部分もある。ごくらく湯の主人は、糸吉が茂七とつながっていることを承知していて、何かの折には心強いからなどと、それなりに糸吉を大事にしてくれていた。

さて、湯屋で働く人びとには、大事な仕事がもうひとつある。湯をわかすために釜で焚く燃料を調達することである。たいていの湯屋は、材木屋とか下駄屋とか、日常的に木っ端《こっぱ》の出る商売屋と約束をして、屑《くず》をまとめて引き取らせてもらい、それを主に焚いている。ごくらく湯もそうしているが、燃すものなら何でも欲しいのは正直なところだし、無料《ただ》で拾ってこられるものならさらに都合がいい——というわけで、湯屋の奉公人というのは、昼間のうち町中《まちなか》をうろうろして、釜焚きに使えそうなものを物色しては交渉して引き取ってくるということをやっているものなのである。ただし、結構な汚れ仕事なので、ごくらく湯の主人は、糸吉にはこれを命じたことはない。ないのだが、糸吉の方が、手が空《あ》くと気軽に町中へ出ていって、あっちのお屋敷で木戸を直してたとか、こっちの飯屋で古くなった樽《たる》を捨ててたとか、目ざとく見つけては持ち帰る。実際、糸吉はそうやって町をうろつくことが大好きなのである。

そしてこの春、日々暖かくなる風と日差しに浮き浮きと、子雀《こすずめ》みたいにときどきぴょんぴょん跳ねながら、心楽しくうろついているとき、糸吉の身にあることが起こった。

恋をしてしまったのである。

二

四年前の話だ。春先、本所相生町《あいおいちょう》の一角で火事があった。小店《こだな》や町屋が数十軒焼け落ちたほか、消火のために叩《たた》き壊《こわ》された家も多く、かなりの被害を出した火災であった。

このとき全焼した家々のなかに、近所の人々から「今元長屋《いまもとながや》」と呼ばれている長屋があった。今元というのはこの長屋の地主が商《あきな》っている菓子屋の屋号で、それにちなんで付けられた名前である。

相生町の火事で、今元長屋は跡形もなく焼け落ちた。住人たちは一時ほうぼうにちりぢりになり、長屋が再建されるのを待つことになった。だが、火事からまもなく、再建はおぼつかないという噂が広がり始めた。実は、今元の身代《しんだい》がだいぶ傾いていて、表の二軒長屋二棟と裏の棟割《むねわり》長屋二棟を再建するだけの金が、どうにも都合つかなかったのである。

地主がこけてしまっては、店子たちにはどうしようもない。結局、今元長屋の差配人が請け人《うにん》となり、店子たちの新しい住処《すみか》を按配《あんばい》することになった。彼らの落ち着き先が決まったあとも、今元長屋の焼け跡は空き地のまま放り出されていた。近所の子供たちにとっては格好の遊び場になったし、かみさん連中もそこに杭《くい》を打って紐《ひも》を渡し、洗い物を干したりして便利に使っていたものだ。

空き地には、さまざまな草花が生《お》い茂る。そのまま放っておいては見場《みば》も悪いし、夏には蚊柱《かばしら》が立ったりして不快なので、近所の連中が草取りなどしていたのだが、そのうちの誰かが――多少粋《すい》な心のある人物なのだろう――ここに菜の花の種をまくことを思いついた。野菜は育てるのに手が掛かるが、菜の花ならば放っておいても勝手に伸びてくれる。花はきれいだし、茎が若いうちは摘《つ》んで食べることもできる。一挙両得だと思ったわけである。

そんな次第で、今元長屋跡の空き地は一面の菜の花畑になった。町屋の立て込んでいる相生町で、ここだけが別天地という風情《ふぜい》である。地主の今元も特に文句を言うわけではない。おかげで、噂を聞いてわざわざ見物に来る人びとも出てきたほどだった。

こうして、今年も春がやってきた。菜の花の季節である。近所の人びとが話し合いをして取り決めをつくり、食用に摘んでいい量をきちんと定めたので、適度に間引かれた菜の花畑は、前の年を上回る美しさで咲き乱れ、住人たちだけでなく、相生町を通りかかる人びとの目をも楽しませることになった。

糸吉も、そのひとりであった。

ごくらく湯が焚き付けを買い付けている建具屋《たてぐ》が、相生町にあるのである。建具だからたいした量が出るわけではないが、一日おきにきちんとまとめて木っ端をおろしてくれるので、おおいに懇意にしているところのひとつだった。

糸吉はこの建具屋に行くたびに、今元長屋跡の菜の花畑の前を通る。花が好きなので、ここの眺めが嬉《うれ》しくて仕方がないのだ。あまりにきれいなので、茂七のかみさんを引っ張って連れてきて見せたこともあった。そのときには、ちょうど居合わせて雑草を抜いていた近所のかみさんに、見事なもんだなと声をかけ、おひたしにでもしなさいよと若い茎を包んで持たせてもらったりもしたものだ。今元の身代が持ち直しても、あそこには何も建てずに、菜の花畑のままにしておいてもらいたいもんだと思っていた。

そして糸吉は、この菜の花に恋をした。といってもこれはもちろん言葉のあやで、相手は生身の娘なのだが、初めて糸吉が娘を見かけたとき、まるで菜の花の精のように見えたのだ。

色白で華奢《きゃしゃ》な立ち姿の娘だった。ずいぶんとやせているが、頬《ほお》に菜の花の明るい黄色が照り映《は》えている。娘の着物も淡い草色で、帯は黒、帯紐は黄色。その出で立ちで、菜の花畑のなかに、黄色い花の海に膝《ひざ》まで埋もれてほわりと立っていた。糸吉の方――つまり道の側に半ば背中を向け、両手を軽く拝むように胸の前であわせ、ちょっとうつむき加減になって。

糸吉は足を止め、まばたきをして、ちょっとのあいだ棒立ちになった。出来過ぎなくらいに美しい眺めだった。あれは誰だろうとか、何をしてるんだろうかとか思う前に、切り取っておきたいような光景に見とれてしまった。

そうして急に気恥ずかしくなった。じろじろ見つめていて、娘がこちらを振り返ったらばつが悪い。急いで菜の花畑の前を通り抜けた。角を曲がりしな、ちょっと振り向いてみると、娘はまだ同じ姿勢のまま佇《たたず》んでいた。糸吉は、なんだかどきどきする気分だった。

帰り道、いつもより足を急がせて菜の花畑のところまで戻ってみると、娘の姿は消えていた。糸吉はかなりがっかりした。そこで初めて、どこの娘かなあと考えた。今まで、相生町のこのあたりでは見たことのない顔だ。あんな美人なら、一度でも見かければ覚えているはずの若い糸吉である。

その夜は、なんだか寝付きが悪かった。目を閉じると、娘の白い横顔が菜の花畑のなかにぼうと浮かんで見えるのである。

翌日は、本当なら建具屋へ行く日ではないのだが、糸吉は相生町まで出かけて行った。昨日と同じくらいの刻限を見計らって出かけたのだが、娘の姿は見えなかった。糸吉はまたがっくりきた。しばらく菜の花畑をうろついて、ぐずぐずしてからごくらく湯に帰った。

さらに次の日、糸吉は勇んで相生町へ向かった。今日は娘がいそうな気がした。根拠はないがいそうな気がした。そう思うだけで胸がはずんだ。歩きながら顔のゆるんでくる糸吉であった。

しかし娘はいなかった。とたんに糸吉は建具屋に行く気をなくした。が、今日は木っ端を引き取る約束の日だ。行かないわけにはいかない。菜の花を見物するふりをして、しばらく待ってみたけれど、娘は来ない。仕方がないので建具屋に向かった。

建具屋で職人たちとしゃべりこんで、油を売った。さっさと帰り道をたどって、娘のいない菜の花畑を通るのが嫌だったのだ。時をつぶして待っていれば、娘が現れそうな気がした。が、無駄話をしているうちに、ふと、こうしているあいだに娘が菜の花畑を訪れていて、糸吉がいないうちに帰ってしまうのではないかと考えついた。で、急いで腰をあげた。

娘はいた。

今日は道ばたに立っていた。顔は菜の花畑の方に向けて、やはりうつむき気味だった。この前見かけたときと同じ出で立ちだ。まったく菜の花の化身《けしん》だ。それにしてもなんて色白なんだろう。糸吉は顔が熱くなってくるのを感じた。

娘が通り道に立っているので、先《せん》のときよりも近くに寄って見つめることができた。彼女の髷《まげ》がちょっとほつれて、鬢《びん》のあたりに後《おく》れ毛が揺れているのがわかった。糸吉ははっとした。

あっちこっちでさまざまな仕事をしてきて、今は茂七の手伝いもしていて、糸吉は、歳の割にはいろいろな風情の女を見かけてきた。糸吉なりに（いい女だなあ）と思う女にも出会ってきた。けれど、こんなふうに心を動かされたのは初めてだ。とりわけ、女の後れ毛に。洗い髪や後れ毛は、どんな年増《としま》のそれでも色気のあるものだというけれど、糸吉はあんまり好きでなかった。なんだかだらしないような気がするし、色気があったらあったで、ためにするもののようにわざとらしく見えるからである。

けれど、この菜の花の娘の後れ毛は別物だった。指でそっとかきあげてやりたくなるようなはかなさがあった。

娘は糸吉の存在に気づかないのか、菜の花畑を見つめて佇んだまま、振り向く様子も見せない。糸吉も、一間《いっけん》ほど後ろに下がったところに突っ立ったまま、声もかけられず、娘の顔をのぞきこむこともできず、でくの坊になっているだけだ。

と、そのとき、娘の身体《からだ》がふらりと動いた。片足を前に踏み出した。菜の花畑のなかに入っていこうという様子だった。

「こら、ちょっとあんた！」

右手の方から声が飛んできた。娘はそちらを見た。糸吉もそちらを見た。菜の花畑のすぐ脇のしもたやの戸口から、着物の袖を襷《たすき》でたくし上げた女が半身を乗り出して、娘の方を怖《こわ》い顔で睨《にら》みつけている。

「あんた、菜の花のなかに入っちゃ駄目だよ！　こないだも入ってたろ？　あたしたちがせっかくきれいにしてるんだから、勝手に踏み荒らしてもらっちゃ困るんだ！」

娘は目に見えておどおどした。後ずさりすると、糸吉とぶつかりそうになった。糸吉は大いにあわてて身体を後ろに引いた。娘はくるりと踵《きびす》を返すと、驚くような素早さで大川《おおかわ》の方へ向かって走り出した。糸吉は、何をどうすることもできないまま、目をぱちぱちさせてそれを見送るしかなかった。

「あんた！　あんたも菜の花に悪さしちゃいけないよ！」

隣家の女が、糸吉にも声を張り上げる。糸吉は、娘の小さな後ろ姿が消えてしまうまで見送ってから、女の方を振り向いた。

「おかみさん、今の娘がどこの誰だか知ってるかい？」

「知るもんかい！」

女はたくましい両腕を腰にあて、嚙《か》みつくようにそう言って、ぴしゃりと戸を閉めてしまった。戸は斜めにひしゃげて傾いており、しもたやの菜の花畑側の板壁には、てんでんばらばらの形や長さの板きれが打ち付けられている。火事のとき被《こうむ》った被害の痕《あと》を、ありあわせのものでつくろったままという風情だった。

糸吉は、もう一度娘が走って逃げていった方角を振り返ってみた。

その晩、茂七の家で夕飯を食ったとき、糸吉は相生町の菜の花畑の話題を持ち出してみた。親分が、あそこに出没する娘のことについて、もしかして何か聞き知ってはいないかと考えたのだ。

だが、茂七は何も知らないようだった。おかみさんだけが、そうか今年もきれいに咲いてるだろうね、見に行ってこようかねと、楽しそうに言った。

「なんだおめえ、今日は元気がねえな」糸吉の食いぶりをながめながら、茂七は言った。

「鰆《さわら》の焼き物は大好物のはずだろう?」

「へえ、旨《うま》いですねえ」

「あんまり旨そうに食ってねえよ。糸吉が飯のおかわりをしねえなんて、明日あたり霰《あられ》でも降るんじゃねえかね」

糸吉は小さくなって飯を食った。胸がつっかえたようで、確かに今夜の飯はいつもの飯の味がしなかった。

翌日もその翌日も、糸吉は菜の花畑に足を向けた。二日とも、娘に会うことはできなかった。忙しい糸吉は、一日じゅう菜の花のそばに張り付いているわけにもいかない。振り返り振り返り、ごくらく湯に帰った。飯時《めしどき》が何よりも楽しみのはずの糸吉なのに、飯は日毎《ひごと》にまずくなるようだった。

しかし三日目に出かけてみたとき、近所のお稲荷《いなり》さんを拝んでおいた甲斐《かい》があったのか、娘が菜の花畑に佇んでいるのを見つけることができた。今日は濃い藍色《あいいろ》に黄色の模様を散らした着物を着ていた。白い顔によく映って、いっそう菜の花の化身のように見えた。

糸吉はあんまり嬉しくて、前後を忘れて娘のそばまで早足で近づいていった。娘は人の気配にはっと顔をあげた。糸吉と目と目があった。

娘は泣いていた。切れ長の形のいい目から、ぽろぽろと涙をこぼしているのだった。

「おっと、ごめんよ……」糸吉は驚きのあまり、思わずそう声を出した。

娘は糸吉に向かってぱっと頭を下げると、回れ右をして逃げ出した。糸吉は立ちすくんでそれを見送った。しかし、娘が相生町の町角を曲がって姿を消したとき、思い出したみたいに走りだして後を追いかけた。角から様子をうかがうと、ちょうど娘が足をゆるめ、手の甲《こう》で顔をちょっとぬぐい、また早足に歩き出すところだった。

糸吉は娘に悟られぬよう、気をつけて後を尾《つ》けていった。娘は大川の方へ向かってしばらく歩き、それから足を南へ向けて、一ツ目橋を渡った。御舟蔵の脇を掘割に沿ってとぼとぼと歩き、新大橋《しんおおはし》のたもとまでくると、人混みのなかをくぐって左へ曲がった。行き交う人たちのなかにまぎれこみ、糸吉は娘のすぐ後ろを尾いていった。

このあたりは深川元町《もとまち》である。新大橋から東へ続く道に沿って、食い物屋や小間物屋など、間口の狭い店が並んでいる。娘はそのなかの一軒、掛看板《かけかんばん》に「葵屋《あおいや》」と書いてある蕎麦屋《そばや》のなかに入っていった。

蕎麦を茹《ゆ》でるいい匂いが、障子戸《しょうじど》の脇の格子《こうし》の隙間《すきま》から漏れ出てくる。いつもなら空腹をそそられるはずのその匂いをかぎながら、糸吉は妙にどぎまぎしながら突っ立っているばかりだった。と、ちょうどそこへ、戸を開けて商人風の男がひとり外へ出てきた。糸吉は彼を呼び止めた。

「ちょいとごめんよ。今、ここの蕎麦屋に若い娘さんが入っていったと思うんだけど」

商人風の男は口に楊枝《ようじ》をくわえ、背中の風呂敷包みをよいしょとずりあげながらうなずいた。

「ああ、おときちゃんだろ」

「おときさん？　ここの娘さんかい？」

「そうだよ。看板娘さ」と言って、男は楊枝をちょっと斜《はす》にして顔をしかめた。

「ここんとこ一年ばかり、なんだか身体の具合が悪いとかで、すっかりしおれちまってるけどね。一時は、どっかに養生に行ってるとかで姿が見えなかったこともあるし」

男に礼を言って別れると、糸吉はしばし考えた。蕎麦屋に入ろうかと思ったが、迷った挙げ句にやめた。今乗り込んで行っても怖がらせるだけだろうし、辛抱強く待っていれば、娘はきっとまた菜の花畑に現れるだろう。

実際、そのとおりになった。翌日、前の日と同じくらいの時刻に菜の花畑に出かけていくと、ちょうど道の反対側から娘がやってくるところにぶつかった。糸吉は笑顔をつくった。娘が糸吉の顔を見て、飛んで逃げてしまわないように。

彼女は顔をうつむけて、下ばっかり見て歩いていた。だからすぐには糸吉に気づかなかった。彼女が糸吉を見て立ちすくんだのと、糸吉が声をかけたのとが、ほとんど同時になった。

「娘さん、いや、逃げないでおくれよ」と、糸吉はできるだけ優しい声で言った。「俺は怪しいもんじゃねえんだ。怖がることはないよ。ちょいちょいここで見かけるあんたが、なんだかとっても心配事を抱《かか》えてるように見えるんで、一度話をしたいと思ってるだけなんだ」

すっかりあがってしまって、すらすらとは言えなかった。娘に会ったらああ言おうこう言おうと考えていたのに、その半分も巧《うま》く言葉になってくれない。

「ええとな、おときちゃん、あんたおときちゃんだよな？　深川元町の蕎麦屋の娘さんだよな？　俺は糸吉っていって、北森下町のごくらく湯って湯屋で働いてるんだけども――」

娘は首を縮め、糸吉の言葉の隙間をとらえて逃げ出そうとするように身構えている。糸吉は焦《あせ》った。

「だけども、湯屋だけじゃなくて本当は回向院の親分の手伝いもしてるんだ。お上《かみ》の御用の向きの手伝いだよ。だから怪しいもんじゃねえんだ、わかってくれたかい？」

娘のひそめていた眉根《まゆね》が、わずかにゆるんだ。白い顔に、糸吉の初めて目にする大きな表情が動いた。

「お上の――」と、小さく呟《つぶや》いた。

「そうだ、そうだ」糸吉は勢いこんでうなずいた。「だからよ、余計なお節介じゃあるけれど、おときちゃんが何かひどく困ってるみたいに見えるんで、俺でなんとか力になれないもんかと思ってさ」

娘は首をかしげると、しげしげと糸吉を見た。それから震える声で尋ねた。「はい、あたしは葵屋の娘のときです。あたしのこと、どうしてご存じなんですか」

糸吉はできるだけ明るく、片手で拝んで謝った。「本当にすまねえんだけど、この前、あんたのあとを尾けたんだ。勘弁《かんべん》してくれよ」

頭を下げ、上げてみると、おときはゆっくりと瞬《まばた》きをしていた。すぐにも逃げ出してやろうというような、身構える様子ではなくなっている。糸吉はほっとした。

「おときちゃん——おときちゃんて呼ばせてもらうよ——何か悲しいことでもあるのかい？　あんたの名前を教えてくれた、葵屋の客も心配してたよ。身体の具合が悪いんだってね。それにあんた、先にこの菜の花畑に来たとき、泣いてたよな？」

おときはふっと両肩を下げると、糸吉の顔を見つめた。迷うように何か言いかけてはやめ、目を動かし、菜の花畑の方を見返ると、また糸吉に向き直る。

「あたしの言うこと、信じてもらえます？」

「うん、信じるよ」

「安請け合いは嫌ですよ」

「そんなんじゃねえよ。俺はその……あんたのことが心配なんだ」糸吉はおろおろしてしまい、冷や汗が出てきた。「ここであんたを見かけるたびに、心配してたんだ」

おときはうつむいた。糸吉は、彼女の信頼をつかみ損《そこ》ねたかとがっくりした。が、ややあっておときは目をあげると、小さいけれどそれまでよりはずっとしっかりした声音《こわね》で、こう言った。「そんなら、お話しします。あたしの力になってください」

糸吉は、近くの団子屋《だんごや》へ彼女を連れて行って、腰掛けの端の方にふたりで座り、おときが小声で打ち明ける話に耳を傾けた。そして、腰掛けから落ちそうになるほどに驚いた。

おときはこんなことを言ったのだ。

「あの菜の花畑の下には、親の手で殺された可哀相《かわいそう》な小さな赤ん坊が埋められてるんです。あたしはそれを知ってます。知ってるけど、どんなに一生懸命話しても、誰もまともに受け取ってくれないの。だから悲しくてしょうがないんです」

三

「そいつは、嘘《うそ》だよ。作り話だ」

回向院の茂七は言い捨てた。

おときの話を聞き終えて、茂七の元へ駆けつけた糸吉である。茂七はちょうど出かけ先から帰ってきたところだった。待ちかねてしゃべり出した糸吉の話の一部始終を、春の土埃《つちぼこり》で汚れた足を洗ったり、着替えたりしながら聞き、ようやく長火鉢《ながひばち》の前に落ち着いて一服つけたと思ったら、火鉢にかじりつかんばかりにして乗り出す糸吉に、まともにそう言ったのだ。

「おめえはつくづく粗忽《そこつ》もんだ。そんな話を鵜呑《うの》みにしてご注進する馬鹿がどこにいる」

茂七の顔は険《けわ》しかった。この親分の頑固さといったら有名で、お城の石垣より硬い頭だと言われるくらいだが、頑固者にありがちな短気のところは控えめで、糸吉や権三を頭から叱《しか》りとばすということはめったにない。そのめったにないことを、今糸吉に向かってやっていた。

糸吉は、驚くより先にカッとなった。これもまた彼にしてはまれなことだった。親分が珍しいことをやるから、手下も珍しいことをやり返したわけである。

「そういう言い方はねえですよ」

「そういうもどういうもねえ」

「だけど、俺はいつだってこういうことをやってるじゃないですか。いろいろ聞きつけてきて親分に知らせる、それが俺の役目だ。だから親分だって、俺のこと早耳の糸吉だって誉《ほ》めてくれるんじゃねえですかい」

「そりゃそうだ。だが今の話に限っちゃ、いつもの糸吉じゃねえ」

「何が違うんです？」

「いつものおめえなら、これこれこういう話を聞きこんだんだけど、どうでしょうねと持ってくる。だけどな、今の話はそうじゃねえ。頭っから、あそこに赤ん坊が埋められてる大変だ大変だ――これじゃ、早耳でもなんでもねえ、ただの阿呆《あほう》だ。他人《ひと》から聞いた話を、そう簡単に信じ込んでるようじゃ、お上の御用は勤まらねえんだよ」

さすがに、糸吉はぐっと詰まった。しかし、心の駆け足の方は止まらない。

「そのおときって娘は、赤ん坊殺しについて、そりゃあ詳しく知ってたんですよ。とてもじゃねえが、俺にはあれが作り話だとは思えねえ。だから信じるんです」

おときの話によると、殺された赤ん坊というのは、焼け落ちる前の今元長屋の裏長屋に住んでいた竹蔵《たけぞう》とおしんという夫婦者の子供だという。生まれてまだ半月と経《た》たないうちに、母親のおしんの手で首を絞めて殺され、竹蔵が住まいの床下に穴を掘って埋めた。当時の夫婦の家は、今の菜の花畑のちょうど真ん中あたりにあり、だからあそこを掘ってみれば、きっと小さな骨が出てくるはずだとおときは言うのである。

糸吉とて、そこまでの話を聞いて、すぐに信じたわけではない。今元長屋とは何の関《かか》わりもなさそうな深川元町の蕎麦屋の娘が、なんでまたそんな話を詳しく知っているのかと、問いただしてみた。

するとおときは答えた。「おしんという人は、今元長屋にいたころ、葵屋《うち》でお運びをして働いていたんです。だからあたしはよく知っているの。竹蔵さんは鋳掛屋をしてたんだけど、しばらく前から胸を病んで働けなくなって、おしんさんひとりの稼ぎで食べていかなきゃならなくなって」

そこへ赤ん坊ができてしまった。おしんは臨月《りんげつ》ぎりぎりまで働き、赤子を産んだが、生まれた子がまた病弱で、乳も飲まずにやせ細り、泣いてばかりいたという。

「それでなくても暮らしが苦しいところで、もうどうしようもなくなって、どうせ育ちそうもない赤ん坊だからって、名前も付けないうちにこっそり殺してしまったんです。長屋の人たちには、育てることができないんで、知り合いのところに里子《さとご》に出したって嘘をついて」

おときはこの一連の事情を、葵屋で耳にしたのだという。

「今元長屋が焼けて、あそこの人たちが立ち退《の》かなくちゃならなくなったとき、おしんさんがうちへ来て、おとっつぁんとおっかさんに泣いて打ち明けているのを、あたし、立ち聞きしちゃったんです。おしんさんたちは、竹蔵さんの親戚を頼って行徳《ぎょうとく》の方へ行くことになって、とりあえず暮らしは立つことになったけど、赤ん坊のことが心残りで仕方ないって」

話を聞いたおときの両親は、おしんに、済んでしまったことはもう忘れなさい、仕方のないことだ、赤ん坊だってけっして恨んじゃいないよと慰《なぐさ》め、このことは誰にも言わないと約束して別れたのだ、という。

「だけど、それじゃ赤ん坊があんまり不憫《ふびん》じゃありませんか」と、おときは涙ぐんでいた。「お骨《こつ》を掘り出して、ちゃんと供養《くよう》してやらなくちゃ。赤ん坊を殺したおしんさんだって、罰を受けなきゃいけないわ。貧乏で育てられないから殺すなんて、あんまりだ。放っておいていいことじゃありませんよ」

筋道立った、ちゃんとした話である。糸吉はおときの話を聞いた後、彼女を送りがてら葵屋に行き、客のふりをしてかけ蕎麦を一杯すすりながら、あれ、もうずいぶん前だけど、ここにお運びの女の人がいやしなかったかと謎をかけて、おしんという今元長屋の女が働いていたことを確かめた。その足で茂七の元にはせ参じたわけである。

「嘘じゃねえし、作り話でもねえ。あの娘は本当のことを言ってるんですよ、親分」

それに親分は、おときのあの悲しそうな、心が破けてその裂け目から血が流れてるみたいな泣き顔を見てねえじゃないかと、糸吉は思うのだ。だからおときが作り話をしてるなんてことが言えるんだ――

「親分、おときちゃんに会ってみてくださいよ。会って、直《じか》に話を聞いてみてください。そしたら判《わか》る」

茂七はしかめっ面のまま、煙管《きせる》を火鉢の縁《ふち》に打ち付けた。「ごめんこうむるよ」

「親分……」

「糸吉、この話はもうたくさんだ。おめえもこれ以上関わるんじゃねえぞ」

糸吉は、自分でも思いがけないほど大きな声を張りあげた。「嫌だ！」

茂七親分が目を剝《む》いた。「何だと？」

「嫌だって言ったら嫌なんだ。親分がそんな人でなしとは思わなかった。見損ないましたよ！」

糸吉は立ち上がると、座敷を飛び出した。ふすまの陰で話を聞いていたのだろう、おかみさんが懸命に呼び止める声が追いかけてきたが、振り切って外に出た。

ごくらく湯に帰って、腹立ちまぎれに洗い場や湯桶《ゆおけ》をごしごし掃除しているうちに、熱くなっていた頭が少しずつ冷えてきた。そうして恐ろしくなってきた。藁《わら》をたばねて作ったたわしを握る手が震えている。

（親分を怒らしちまった……）

茂七のそばを離れるなんて、糸吉は考えてみたこともなかった。いつだって働けば働いただけの甲斐はあったし、おかみさんもいい人で、糸吉はずっと、親分の元で楽しく過ごしてきたのだ。それに茂七から離れることは、養い親の差配さんの遺言に背《そむ》くことにもつながるのだ。

（だけど……）

おときをこのまま捨ててはおけない。彼女と約束したではないか。信じると。力になると。その約束を守らなくちゃならない。

「このことは、俺がきっとなんとかする。だからおときちゃん、安心して家で養生しな。あんた、身体の具合が悪いんだろう？　毎日菜の花畑まで来て、冷たい風に吹かれていたりしちゃいけねえよ。何とかなったら、俺が必ず報《しら》せにいくから。いいな？」

糸吉の言葉に、おときは何度もうなずき、涙ぐんでいた。おときも俺を信じてくれたのだ。裏切ることはできない。男じゃないか。

（男か……）

俺は一人前の男かなと、糸吉はふと考えた。今まではいつだって親分がそばにいて、親分の言うとおりにしていればよかった。それで一人前の男の生き方と言えるのだろうか。

糸吉はにわかに不安になってきた。子供のころから、捨て子の糸吉を、さぞ心細いだろうと同情してくれる人に出会うたびに、おいらはひとりぼっちなんか怖くねえよと威張《いば》ってきたものだった。本気でそう思っていた。けれどそれはただの思い込みだったんじゃないか。今まで本当にひとりぼっちになったことなんか、実は一度もなかったのじゃないか。最初は差配さんがいてくれた。差配さんが死んだあとは親分がいた。

今こそが、本物のひとりぼっちだ。

（だけどおときが――おときが）

おときがいるか？　彼女のことを考えると、糸吉の胸は春の子馬みたいにぴょんぴょんと弾《はず》んでくる。けれど、おときが糸吉をどう思っているかなんてことはわかったものじゃない。少なくとも、ここで糸吉がおときの期待に応《こた》えられなかったら、すべてはおじゃんだ。

洗い場にしゃがみこみ、糸吉は途方にくれた。たわしから水が滴《したた》り、足や臑《すね》を濡らす。

「おい、糸さん」と、後ろで声がした。振り仰ぐと、権三が立っていた。

このお店者あがりの糸吉の相棒は、岡っ引きの手下になった今も、いつだって、どこかの番頭みたいなきちんとした身なりをしている。一年中尻っぱしょりして裸《はだ》足《し》で飛び回っている糸吉とは大違いだ。権三は縞《しま》の着物の裾《すそ》をちょっと持ち上げ、脱いだ足袋《たび》を片手に揃《そろ》えて持って、にこにこして糸吉を見おろしていた。

「親分に叱られたそうだね」と、権三は柔らかい声で言った。

「叱られたんじゃねえや」糸吉は口を尖《とが》らせた。「俺が親分を見限ったんだ」

「そいつは威勢がいい」

権三は糸吉の脇にしゃがんだ。糸吉は彼に背中を向けた。「権三さんともこれ限《き》りだね。世話になったよ」

「まあ、そう素っ気ないことを言わないでくれよ」権三は、いっこうに気を悪くした顔も見せない。「親分と喧嘩《けんか》をしたからって、俺とも仲違《なかたが》いしなくちゃならないわけはねえ。話はおかみさんから聞いたよ」

「どう思う？」と、糸吉は思わず権三の顔を見た。

糸吉の気弱な本音を見ても、権三はからかわなかった。むしろ笑いを引っ込めて、真面目《まじめ》に顎《あご》を引いた。

「俺にはね、糸さん。おときって娘さんの話が本当かどうか、見極めをつけることはできない。糸さんが正しいかもしれないし、親分のおっしゃるとおりなのかもしれない。だけど、大事なのは嘘か本当かじゃなくて、糸さんがどうしたいのかってことじゃねえかな」

「俺がどうしたいかって？」

「うん。その話が本当だった場合、糸さんは、行徳まで出張《でば》って行って、赤ん坊を殺したおしんをひっくくるつもりかい？　おときさんは、おしんが罰を受けるべきだと言ってるそうだけど」

糸吉は黙った。実はそこまで考えていなかった。これまでの糸吉の仕事では、そんな先まで心配する必要がなかったのだ。それは親分の仕事だったから。

「どうだい？」権三が糸吉の顔をのぞきこんだ。糸吉は首を振った。

「わからねえ。考えてなかった」

権三は吹き出した。「正直だなあ。それが糸さんのいいところだ」

「だけど俺は……俺は……」糸吉は権三の顔を見た。「あの菜の花畑に本当に赤ん坊が埋まってるなら、どうにかしてやらなくちゃと思うんだ。そしたらおときちゃんだって慰められるだろうし――もし、もしもおときちゃんの話が嘘だとしたら、赤ちゃんの骨なんかないってことになるわけだけど……。なんとか、それを確かめる手がないもんかな」

「糸さんは優しいね」そう言って、権三は着物をしゅっと鳴らして立ち上がった。

「掘り返すわけにはいかないんだよな？」

「無理だよ。騒ぎになるからね」

権三はゆっくりとうなずいた。

「手はあるよ」

「ホントかい？」糸吉もぱっと立った。「どうすればいい？」

「こんな手を使ったら親分は怒りなさるだろうけど、糸さんはもう親分と縁を切ったみたいだからいいだろう」と、権三は笑った。

「日道《にちどう》に観《み》てもらうんだよ」

霊感坊主《れいかんぼうず》の日道は、御舟蔵裏の雑穀問屋三好屋《みよしや》の長男坊、十一歳になる長助《ちようすけ》の別名である。つまり、坊主は坊主でも僧侶でなく坊やの坊ずなのだ。この子は霊感が強くて見えないものまで見る、先の出来事を当てる、憑《つ》き物《もの》を落とすと、大川の向こうにまで評判が鳴り響いている。

ところがこの日道が、ついこのあいだ、霊視にからんだごたごたで大怪我《けが》を負った。ようよう起きあがれるようになったという噂を聞いたけれど、怪我の件で茂七にお灸《きゆう》を据《す》えられたということもあり、このところは見料《けんりよう》をとって霊視をするのを控えているようだ。

日道が怪我をするまで、茂七は、三好屋夫婦と日道をひっくるめて嫌っていた。だがこのごろは、日道つまり長助については、むしろ同情的な気分でいるようだ。親があれだからなと、糸吉にもこぼしていたことがある。

「俺に意見されたくらいじゃ、三好屋夫婦が恐れ入って日道さまを引っ込めるとは思えねえ。あの子も可哀相だ」

糸吉は、日道をよく知らない。ただ評判は聞いたことがある。だからそのときも茂七に、日道には本当に霊力があるんですか、と尋ねてみた。すると茂七は、彼にしては珍しく歯切れが悪い感じでこう答えた。

「本人は、本当にいろいろと人には見えないものが見えることがあるんだと言ってたよ」

権三は、その日道に菜の花畑を観てもらえというのである。

「俺が遣《つか》いに行って頼んでみよう。回向院の茂七の手下と言ったら三好屋が会わせてくれるわけはないが、どこかの番頭のふりでもして、もぐりこんでみるよ。どうやらあの子はうちの親分を好いてるみたいだから、本人に会うことができさえすれば、あとはなんとでもなるさ」

言葉どおり、権三は巧くやってくれた。それから三日後の昼過ぎ、日道が、相生町の菜の花畑までやってきたのである。

「おめえ、ひとりで出歩いていいのかい？」

日道はまだ身体のあっちこっちに晒《さらし》を巻き、膏薬《こうやく》の匂いを漂わせ、片手に杖をついていた。節《ふし》くれ立った頑丈な杖で、子供の手には不釣り合いだ。いつも拝み屋をやるときの白装束《しろしょうぞく》ではなく、そこらの子供たちと同じように筒袖《つつそで》を着ている。誰も連れず、権三とふたりでぶらぶらと歩いてきた。

「見張られてるわけじゃないもの」と、笑ってみそっ歯をのぞかせた。権三も丸い顔で笑っている。

「話は通じてるのかい？」糸吉は権三に聞いた。彼がうなずき、日道も「うん」と答えた。

「見料は……」

「そんなもん、要《い》らないよ。回向院の親分にはお見舞いをいろいろもらったし」日道は小さな頭をちょこっとかしげた。「だけど糸吉さんは、このことで親分と喧嘩したんだってね」

糸吉はぶうとむくれた。権三はそんなことまでしゃべったのか。

「まあな」

「おいら余計なことは言わないけど、親分さんと仲直りしなよ。権三おじさんも心配してるよ」

権三はくつくつ笑っている。うるせえなと、糸吉は思った。

「それより、早く観てくれよ」

日道はえっちらおっちらと杖をつき、菜の花畑に近づいていった。

「きれいだね」と、子供らしい声をあげて喜んだ。「うちの庭にも菜の花を植えようって言ってみよう」

「それより早く──」

「わかったってば」

日道は目を細め、菜の花畑を見つめた。折から風の強い日で、杖をついていても、日道の小さな身体が、菜の花がざざあと揺れるのと一緒に揺れた。大丈夫かなと糸吉は思った。

杖をささえに、日道は歩き始めた。菜の花畑の端から端まで、行ったり来たりを繰り返す。まだ歩くのが辛《つら》そうで、ときどき顔をしかめたりする。

と、足を止め、そこで菜の花畑に向き直ったかと思うと、黄色い花の海のなかに踏み込んでいった。いっぱいに伸びた菜の花の群は、日道の腋《わき》の下あたりまでの高さがあった。

「踏み荒らすと叱られるぞ」糸吉は声をかけたが、日道はふらふらと進んで行く。そして真ん中あたりで立ち止まった。初めて見かけたとき、おときもあの辺に佇んでいたと、糸吉は思い出した。

しばらくして、日道が妙に抑揚《よくよう》を欠いた声を出すのが聞こえた。

「ああ、だから菜の花なんだね」

「どういうことだ？」と、糸吉は権三を振り返った。権三は黙って首を横に振っている。

「可哀相だなあ」と、日道が言った。「そうなのか」

「あの餓鬼《がき》、何をひとりで納得してんだろう？」

糸吉が尋ねても、権三は無言で日道を見守っている。

ようやく気が済んだのか、日道はまた道へ出てきた。杖を持っていない方の手を広げ、花にさわりながら、

「きれいだね」と、権三を見上げる。「けどおいら、菜の花のおひたしは嫌いなんだ」

「旨いのにな」と、権三が応じる。

「おひたしはみんな嫌いさ」

「あのなあ、おめえ――」糸吉はしびれを切らした。「肝心な話はどうなったんだよ。見えたのか見えねえのか」

「見えたよ」と、日道はあっさり答えた。

「赤ん坊の骨か？」

日道は揺れる菜の花たちの方を見つめた。ひどく悲しそうな顔をしている。

「糸吉さん、親分の言うとおりにした方がいいよ」

「あん？　どういうことだ？」

「調べたってしょうがないよ、ここを」

「赤ん坊の骨はないのか？」

「どうかな……あると思ってる人がいるようだけど」

「どうかなって、おめえそれを観にきたんだろうが」

「うん、見たよ」日道はぽうとため息をもらした。「赤ん坊を殺しちまったと思ってる人を見た」

わけがわからなくて、糸吉は権三の顔を見た。だが権三はしゃがみこみ、日道と同じ目の高さになると、

「くたびれたろ」

「ちっと」

「じゃ、帰りはおじさんがおんぶしてってやろう」と、くるりと回って背中を出した。日道は喜んでおぶさった。

「じゃあな、糸さん」

「じゃあなって」

「わかったじゃないか。骨はないんだよ。少なくとも、俺たちにとってはな」

権三はとっとと歩き出した。日道が――いや、そうしておんぶされているところはただの子供の長助が、振り返って手を振った。

「またね、糸吉さん。親分と仲直りしとくれよ、きっとだよ」

糸吉は憮然《ぶぜん》として、ひとり。

四

何日かかけて、糸吉は、かつての今元長屋の周辺を探り回った。容易な仕事ではなかった。

昔の住人たちは、ちりぢりになっている。今の居所を探り当てるだけでもひと仕事だ。運良く会って話を聞くことができても、竹蔵さんところとは行き来がなかったからとか、あらあそこの赤ん坊は里子に出されたんですよとか、聞いても役に立たない返答ばかりが返ってくる。

「赤ん坊が死んだなんて話、信じられないね」と、笑い飛ばされもした。そして糸吉を疑いの目で見つめる。「あんた、そんなことを探ってどうするつもりなんだい？」

おまけに、毎日菜の花畑をうろついているものだから、隣の家のあの怖い女に、たびたび怒鳴りつけられる羽目《はめ》にもなった。隣家は傘張りをしているらしく、近づくといつも糊《のり》の匂いが漂っていて、いわゆる菜種梅雨《なたねづゆ》の時季、女はしきりと忙しがっていた。名をおこうという。

糸吉は、菜の花畑の張り番を自認しているらしいこのおこうから、話を聞きたいものだと思った。なにしろ隣家なのである。長屋のことを何か知っているかもしれない。しかし、とりつくしまもないほどに、おこうは無愛想《ぶあいそう》だった。

糸吉は彼なりに頭を働かせた。おこうの家は、火事の後に急ごしらえの修繕をしたままの状態になっている。あのてんでんばらばらで見苦しい板壁をなんとかしてやろうと持ちかけてみることにしたのだ。

「おこうさん、実は俺は湯屋で働いててね。焚き付けを集めて回ってる。焚き付けって言っても、なかにはきれいな板もあるんだ。そいで、ここを通るたんびに気になってたんだけど、あんたのところの壁さ、あれじゃ気の毒だ。俺が具合のよさそうな板きれを都合してきてやるから、かわりに壁のあのつぎはぎをはがして、焚き付けに売っちゃくれねえか？」

思ったとおり、おこうはこの話に飛びついてきた。急に愛想がよくなって、糸吉を土間に招き入れ、出涸《でが》らしの茶をふるまってくれた。

糸吉もせいぜい愛嬌を見せて、いろいろと世間話をした。あの火事はひどかったねと水を向けると、おこうも興《きょう》に乗っていろいろしゃべった。彼女は女手ひとつで四人の子供を育てており、日ごろから話し相手には飢えているようだった。

「ところでおこうさん、今元長屋の連中とは付き合いがあったかい？」

「ああ、あったよ。差配さんが一緒だったからね。今は別の人になっちまったけど」

「今元も大変らしいからな。新しい長屋は当分建たねえだろうね」

「このまんまの方がいいよ、日当たりが良くて」おこうは狭い座敷いっぱいに広げて乾かしてある唐傘《からかさ》を手で示した。「おかげで大助かりさ」

「そうだろうなあ。けど、寂しくねえか？　長屋の人たちがいなくてさ」

「ちっとはね」

「俺もよくここを通るもんだから、顔を合わせて挨拶するような人たちがいたんだ。ほら、鋳掛屋の竹蔵さんて、いたろう？　うちの湯屋へ来てくれたことがあってね」

「そんなら、あの人が肺の病になる前だね」

「そうそう、気の毒だったね。おかげで赤ん坊も里子に出さなくちゃならなくてさ」

「うん……」おこうはうなずいたが、そこでちょっと言葉を切った。「そうだったね」

「どこへ里子に出されたか、あんた知ってるかい？」

「さあ、知らないよ」

「差配さんが世話したのかなあ」

おこうはじろりと、横目で糸吉をにらんだ。

「あんた、そんなことを聞いてどうするつもりだい？」

「どうするって、別に」

「そうかねえ。なんだか怪しい話だね」

糸吉はあわてた。存外、鋭い女である。

「竹蔵さんとこの赤ん坊の話なんか持ち出してさ、何か魂胆《こんたん》があるんじゃないのかい？」

「とんでもねえよ」

糸吉の正直なあわてふためきぶりに、おこうの疑いはますます濃くなったようだ。彼女は露骨《ろこつ》に態度を変えると、糸吉を土間から追い出しにかかった。

「あたしとしたことが、甘い話につられるところだった。あんた、もううちの近所をうろうろしないでおくれよ」

「そんなこと言わないでくれよ。俺が何をしたっていうんだい？」

「目つきが怪しいんだよ」

「なんでさ？　なんで急に？　竹蔵さんとこの赤ん坊のことは、そんなにまずい話なのかい？」

この糸吉の話の持って行き方がまずかった。おこうはカンカンになってしまった。

糸吉は、赤ん坊殺しの謎の一端をつかんだと思った。たったあれだけの話題でこんなにぴりぴりするなんて、何かあるとしか考えようがない。

「出ていっとくれ！」

「おこうさん、あの赤ん坊は殺されたんじゃないのかい？」

言い終えないうちに、糸吉は外に叩き出されていた。勢い余って跳ね返るような勢いで戸が閉まった。隙間から一瞬のぞいたおこうの顔は、怒って真っ赤になっていた。そのくせ、ひどく怯《おび》えているようにも見えた。

その夜——糸吉は身を持て余していた。

今までならば、こういう発見があったとき、茂七親分の元に駆け戻ればよかった。だが、今はそれができない。どうやら糸吉の疑いが的を射ていたようであるとわかってきたのに、おときが真実を語っていると信じていいとわかってきたのに、それを語る相手がいないのだ。

しかし、湯屋の釜の火を落とし、残った温《ぬく》もりにぼうっとあたっているとき、はっと閃《ひらめ》いた。話し相手ならいるじゃないか！

糸吉は、富岡橋《とみおかばし》のたもとに向かった。

淡い紅色《べにいろ》の提灯《ちょうちん》が揺れている。今夜も親父《おやじ》は稲荷寿司《ずし》の屋台を出しているようだ。糸吉は嬉しくて足を速めた。

この稲荷寿司屋の親父は、前歴のよくわからない御仁《ごじん》である。茂七親分は、あれは元はお侍だと言っている。何か事情がありそうだ、とも。けれどもそういう怪しい人物なのに、親分はしきりとこの親父に会いにゆく。捕り物の話もしているようだ。妙に信頼しているみたいだった。

糸吉もつい最近、親分に連れられてこの屋台に来たことがある。稲荷寿司だけでなく、煮物焼き物さまざまな料理を出してきて、どれもとびきりに旨い。酒は扱わないが、すぐ脇に担《かつ》ぎ売《う》りの猪助《いのすけ》というじいさんが座っていて、一杯いくらの量り売りをするという、申し分のない仕掛けになっていた。

提灯を目指して小走りに歩きながら、宵《よい》っ張《ぱ》りの屋台だが、さすがに今夜はもう誰もいないだろうと、糸吉は思った。なにしろそろそろ丑三《うしみ》ツ時《どき》（午前二時）である。ずっとあれこれ考え込んでいて、こんな時刻になってしまったのだ。道々、あちこちの木戸番《きどばん》で、おや糸吉さんどうしたのと声をかけられる始末だった。

屋台の腰掛けが見える近さまできたとき、糸吉は、稲荷寿司屋の親父と向き合って、客がひとり、うずくまるようにして酒を飲んでいることに気がついた。大きな身体、ごつい横顔だ。しかもなんて派手な柄のどてらを着込んでいやがるんだろう——

そこで、はっとした。

（なんだ、梶屋《かじや》の勝蔵《かつぞう》じゃねえか！）

黒江町《くろえちょう》の船宿《ふなやど》「梶屋」の主人である勝蔵は、この土地の俠客《きょうかく》である。茂七親分が言うには、どんな土地にも毒虫だの毒蛇だのがいるもので、どうしても一匹は飼っておかなきゃならねえものなら、使いようで薬にもなる蝮《まむし》がいい、勝蔵はそういう蝮だと評している。

勝蔵は怖い者なしの男だが、不思議なことに、この屋台の親父にだけは手が出せない様子だ。所場代《しょばだい》もとっていない。ここにもいわくがありそうだと、茂七親分は考えている。糸吉も当然、それをよく知っていた。

そのふたりが酒を飲んでいる――

退散した方が良さそうだと、糸吉は帰りかけた。ところがそこへ声をかけられた。

「糸吉さんじゃありませんか。こんばんは」

屋台の親父がこちらを見ていた。柔和《にゅうわ》な笑みを浮かべている。ついで、勝蔵が
でかい頭をめぐらして糸吉を睨みつけた。

「逃げるこたなかろうが」と、だみ声で言った。「あっしなら、もう帰るところで
すぜ、親分」

そう言って、ぐふふと笑った。むろん、糸吉をからかっているのである。勝蔵は
だいぶ酔っているようだった。言葉どおり、ぐらりと立ち上がると、腰掛けを離れ
た。そのまま、挨拶もせず銭もはらわず、ぶらぶらと夜道を歩き出す。

糸吉は屋台に駆け寄った。「勝蔵のやつ、お代をはらわねえで行こうって腹ですよ」

親父はにこやかな顔を変えなかった。「いいんですよ、今夜は私のおごりだから」

「親父さん、勝蔵と知り合いなんですかい？」

茂七からは、あの屋台の親父の身辺をつついたり、あれこれ聞いたりするなと釘《くぎ》

を刺されている。そのうち、自分から言い出すときがくるだろうから、と。しかし今、あまりに意外な成り行きに、その言いつけを忘れてしまった糸吉だった。

親父は柔和な目をしたまま、首を横に振って笑った。

「とんでもない。ただ、梶屋さんはこのあたりの顔役ですからね。たまにはおごるのも仕方ないでしょうよ。ところで糸吉さん、せっかく来てもらったが、今日はあらかた売りつくして、たいしたものが残っていないんですよ。猪助さんも帰ってしまったし……。それでもかまいませんか」

勝蔵の件を、上手にはぐらかされた感じだが、仕方がない。糸吉はうなずいた。

「いいんです、何も要らねえ。飲み食いしに来たんじゃなくて、話をしたくて来たんだから」

親父はちょっと眉を動かし、意外そうな顔をした。が、それもほんのわずかのあいだのことだった。

「じゃあ、お茶でも差し上げましょうか」

糸吉はしゃべった。話の筋道を立てて手っ取り早くしゃべることにかけては、茂七の下で修業を積んでいる。

親父は自分も腰をおろし、屋台の上のものを脇にどけてそこに手を乗せると、ほとんど相づちもはさまずに、静かに聞いてくれた。しゃべり続けながら糸吉は、なるほど、この親父はただの屋台の親父じゃねえなと、ちらりと思ったことだった。

（親分がいつも言ってなさるな。聞き上手には、ひとかどの人物が多いって）

糸吉がしゃべり終えて、温かい茶を飲むと、親父は新しい茶をいれ始めた。相変わらず無言である。焦《じ》れてきて、糸吉は聞いた。

「親父さん、どう思います？　俺の考えははずれてるかな？」

赤ん坊殺しは本当に起こった。それを長屋の連中はもちろん、近所の者も知っている。たとえばおこうだ。そうして、みんなで隠している。竹蔵夫婦をかばうためだ――

しかし、茶をいれた親父は、湯飲みをゆっくりと糸吉の前に進めると、微笑してこう言った。

「糸吉さん、そのおときさんて娘に惚《ほ》れてしまったんですな」

糸吉は目を見張った。顔が赤くなるのが、自分でも判った。

「惚れた娘のためになら、何でもしてやりたい――男としちゃ当たり前のことだ」

「そんなわけじゃ……」

親父はにっこりと笑った。「赤ん坊殺しのことは、私なんぞには見当もつきませんよ」

「だけど親父さんは、うちの親分とよく捕り物の話をするんでしょう?」

「しやしませんよ。私にはそんな頭はありません」

「そんなはずねえよ」

子供のように頰をふくらませる糸吉を、親父は面白《おもしろ》そうに見ている。けれど、やがて笑みを消し、声を落として言った。

「私にわかることといったら、親子のあいだにはいろんなことがあるもんだ、ということぐらいですよ。なかなか、傍目《はため》からはわからないような難しいことや辛いことがね。場合によったら、親が子を殺すこともあるでしょう。捨てることもあるでしょう」

思わず、糸吉は言った。「俺だってそれはわかるよ。俺も捨て子だったから」

親父は目をしばしばとまたたかせた。「そうでしたか……」

糸吉は下を向いていたから、この親父がどんな顔をしていたのかわからない。続いて聞こえてきた言葉に驚き、顔をあげたときには、親父は糸吉に背中を向けていた。

「実は私も、一度捨てた子供を探してるんですよ」

糸吉は、声も出せないくらいに驚いた。こんな大事な話をいきなり聞かされて、すぐに呑み込むことができるほどには、今夜の糸吉は機転がきかなくなっていた。親父は屋台の後ろにかがみ込んで何かやっている。しばし、ぽっかりと音も声もない。

と、親父が起きあがった。小さな包みを糸吉に差し出す。

「これをどうぞ」

「あの……」

「菜の花餅《もち》ですよ。しんこ餅のなかに、彩りに菜の花の刻んだのを入れてあります。少し甘い。糸吉さんは甘いものがお好きでしょう。親分のおかみさんにも差し上げてください」

今夜は帰れと、諭《さと》されているのだった。

「そうそう、近々、小鯛《こだい》の笹漬けが手に入りそうです。入ったら、それで手鞠《てまり》寿司をつくりますからね。お知らせしますから、ためしに来てください。親分と一緒にね」

「親父さん……」

糸吉は、自分でもひどく情けないと思うような声を出してしまった。

「俺、ひとりでどうしていいかわからねえんです。この先、何をすりゃいいんです？」

「親分に謝ればいいじゃないですか。許してくださいますよ」

「だけど俺、赤ん坊殺しのことを放ってはおけねえ」

親父の骨張った肩が、ちょっと落ちた。それから彼は、ゆっくりと言った。

「放っておけないというのなら、やるべきことはひとつだと思いますがね」

「何です？」

「おときさんのふた親に会うんですよ」

「だけど、葵屋の夫婦は赤ん坊殺しを知ってて隠してるんですよ？　本当のことを言うわけがねえや」

「隠してるかどうか、わからない。いや、隠しているのがそのことなのかどうかね」と、親父は謎のようなことを言った。「おときさんは身体の具合が悪そうだという話だ。若い娘さんなのに、そこが、私にはちょいと引っかかりますね。そのことも、葵屋の夫婦に聞いてみるといい。それと、日道坊やの言ったことも、よく考えてごらんなさい」

親父はそれきり、もう相手になってはくれず、片づけを始めた。

糸吉は葵屋を訪ねた。

最初はおときを訪ねて行った。店でふた親にその旨《むね》を話すと、娘は今、他人《ひと》様にはお会いできないという。病気なのにふらふら出歩くもんだから、人をそばにつけて寝かせてあるのだ、という。

糸吉は自分の身元を明らかにして、いくらか誇張して、御用の筋だからと話を通した。葵屋夫婦は目に見えて青くなり、糸吉を座敷に通して向き合った。そこで糸吉は、今までのことを全部話して聞かせた。そうして問うた。本当のところはどうなんだと。

驚いたことに、糸吉が菜の花畑のことを話し始めると、すぐに、おときの母親が泣き出した。父親がいさめても、我慢できないという様子で、顔を覆《おお》って泣き続ける。

やがて、重いものを背負って呻《うめ》くような顔つきで、おときの父が口を開いた。

「娘は、少し頭がおかしくなっているのです」

糸吉は屹度《きっと》目を上げた。

「俺はそうは思わねえよ。口のきき方だって、言ってることだってちゃんとしてる」

「見かけはそうですが、心が壊れてるんですよ」

自分の手で、自分の赤ん坊を殺しちまって以来——と、小さな声でつけ加えた。

二年ほど前のことになる。器量好しで気だてのいい葵屋の看板娘に、思わぬ虫がついた。男は葵屋の客で、商人風に見えたけれど、世慣れた主人夫婦の目には、一見して油断ならない人物と映った。しかし、おときの目には男の危険な部分が見えなかったし、やめておきなさいという親の声も、恋する耳には入らなかった。

密《ひそ》かに男と逢ううちに、おときは身ごもった。それがわかるとほとんど同時に、男はおときを捨てて消えた。あまりにもありふれた筋書だが、ありふれているからといって、悲劇が割り引きされるわけでもなかった。

葵屋夫婦は世間の目をはばかり、考えに考えた挙げ句、おときの身柄を、一家の菩提寺《ぼだいじ》の和尚《おしょう》に預けた。本所の北の押上村《おしあげむら》にあるその寺で、おときはひっそりと赤子を産んだ。男の子だった。

男に捨てられて以来、おときは半病人のようになっており、お産はひどい難産だった。産後は輪をかけて衰弱がひどくなり、食事もとらず寝たきりで、一日泣いてばかりいる。その挙げ句、寺の者たちがちょっと目を離した隙に、おときは子供を抱き、川に入って死のうとした。危ないところでおときは助けられたが、子供は死んだ。小さな骨は壺に入れて、今もその寺に預けてある。

「菜の花寺なんです」と、泣きながらおときの母が言った。「そのお寺の境内に菜の花がいっぱい咲いていて、村の人たちにそう呼ばれてるんです。ちょうど去年の今ごろでした。おときが入った川の土手にも、そりゃもうきれいに菜の花が咲き乱れてた」

それとは別に、今元長屋の竹蔵夫婦の赤子殺しは、確かに本当にあったことだと、葵屋の主人は言った。

「すべておときの話したとおりです。私らも、長屋の人たちも、竹蔵さんたちが可哀相でかばっておりました。回向院の親分さんも、全部ご存じですよ」

「親分が？」

「ひっくるには忍びないって、お目こぼししてくだすったんです。だから、おときの話が作り話だって、すぐにわかったんでしょう。実は最近、親分さんが、おときが外で妙なことをしているから、気をつけるようにって報せにきてくだすったんです。そのときに、うちの事情もお話ししたんですが……」

しかし、竹蔵夫婦の赤子は、床下に埋められたわけではないという。

「竹蔵さんとおしんが密かにどこかに葬《ほうむ》りました。だからあそこには何もありませんよ」

死にかけたところを助けられたものの、おときの心は壊れてしまった。あれ以来ずっと、夢とうつつのあいだを行ったり来たりしているという。見かけは普通のようだけれど、おときの内側は、暗く冷たい川の水で、いっぱいに満たされている。彼女はまだ、赤子の死んだ川の底にいるのだ。

「あの娘《こ》には、赤子の骨も亡骸《なきがら》も見せませんでした。見せられるような様子じゃなかったし。だって、死んだ赤ん坊を気がふれたみたいに探し回りましてね。おとっつぁんとおっかさんが殺したんじゃないか、殺してどこかへ埋めちまったんじゃないかなんて言い出す始末で。頭も、身体の方も、ちっともよくならなくて、あのまま死んじまうのかもしれないと思うと、哀れで哀れで」

「このところは、少しは落ち着いてきたかと思ってたんですが……。ひどいご迷惑をおかけしてたんですね、あいすみません。本当に申し訳ないことです」

おときは、自分の身に降りかかった不幸を認めたくないのだ。自分の手で赤子を死なせてしまったことも。

「だから、相生町で菜の花畑を見て、心のなかのそういう思いと、昔の竹蔵さんたちの赤ん坊のこととがいっしょくたになっちまったんでしょうね」

日道は言っていた――糸吉は思い出した。

（ああ、だから菜の花なんだね）

糸吉は、おときに会わずに帰った。会って話をしたら、また彼女の言うことを信じたくなってしまうだろう。それが怖い。いやそれ以上に、おときの目のなかをしっかりとのぞきこんで、そこに狂気を見つけてしまうのも怖かった。

肩を落として、糸吉は歩いた。どこをどうということもなく行くうちに、相生町に出た。

菜の花畑の前に、茂七が立っていた。一面の黄色い海に、まぶしそうに目を細めて。

「きれいだなあ」と、糸吉に声をかけた。

糸吉は泣きたくなってきて、下くちびるを噛んでこらえた。

「しかし、こう伸びちまっちゃ、堅くておひたしにはならねえな」

茂七は糸吉の肩をぽんと叩いた。

「今夜は菜の花飯だとさ。さあ、帰ろうじゃねえか」

並んで歩き出した。茂七は前を向いたまま、静かな口調で言った。「おときは今にきっとよくなるよ。慰めて、励ましてやんな」

糸吉はうなずいた。それしか、今はできないのだった。

解説

細谷正充

今年（二〇二二）の九月に刊行した、第一線で活躍中の女性作家による時代小説アンソロジー『はなごよみ〈草花〉時代小説傑作選』に続き、本書『はらぺこ〈美味〉時代小説傑作選』をお届けする。テーマは〝美味〟だ。と書くと、二〇二〇年一月に刊行した、『まんぷく〈料理〉時代小説傑作選』を思い出す読者もいることだろう。実はそちらが好評であり、姉妹篇を作ろうということになったのである。現在、料理を題材にした時代小説が多いが、人気の高さをあらためて実感した。今回も美味《おい》しい作品を集めたつもりである。どうか五つの物語に、舌鼓《したつづみ》を打ってほしい。なお、中島久枝の「びっくり水」と、五十嵐佳子の「桜ほろほろ」は書き下ろしである。

「福袋」朝井まかて

室町《むろまち》の乾物商「濱屋《はまや》」の主《あるじ》は、三代目の佐平《さへい》である。しかし彼は、乾物の臭いが大っ嫌いだ。店が傾きかけているが、仕事は番頭任せにしている。女房のお初《はつ》も遊び歩いており、金遣いが荒い。

もっとも佐平も、三日に上げずにお紺《こん》という女のもとに通っている。しかも、お初を離縁してお紺を家に入れようとしていた。だが自分から離縁を言い出せば、お初の持ってきた持参金を返さなくてはならない。

さて、どうしたものかと思っていたところに、二十五歳で、三回りも年上の男の後添《のちぞ》えになった姉のお壱与《いよ》が、離縁されて帰ってきた。不器量で鈍臭《どんくさ》いお壱与だが、離縁の原因は食べ過ぎだ。そう、お壱与は、信じられないほどの大食いだったのである。

さっそく家の飯を食いつくされて怒る佐平。しかし大喰い会にお壱与を参加させたところ、見事に優勝して賞金を獲得した。あちこちの大喰い会に姉を出し、稼いだ賞金を使って女房を離縁しようと、佐平は画策するのだが……。

昔、テレビで放送されていた、大食い大会の番組を、よく見ていたものである。

こちらの想像を超越した大食いは、ただそれだけでメチャクチャ面白かった。大食いに対する、このような気持ちは、昔も今も変わらないのだろう。江戸時代にも大食い大会が多かった。そこに作者は、お壱与という女性を投げ込む。出される食べ物をマイペースに味わいながら、いつの間にか勝利してしまう彼女の〝大食い女王〟ぶりが愉快である。

しかも優れたグルメ評論家のように、食材がどこのものか当てる。また、自分や周囲のことも、よく見ている。読めば読むほど、お壱与の魅力が伝わってくるのだ。それに比例するように、悪徳マネージャーのような佐平の、ダメ男ぶりも際立《きわだ》ってくる。ゆえにラストの展開は痛快だ。

なお、『まんぷく』の作品セレクトをしたとき、本作を採りたかったのだが、諸般の事情で断念した。そのことが、ずっと残念でならなかった。だから今回、収録できて大満足である。それほど、お気に入りの作品なのだ。

「びっくり水」中島久枝

「びっくり水は差し水ともいう。豆などを煮るとき、冷たい水を入れて温度を下げると、中まで火が入ってやわらかく煮あがるのだそうだ」、というのが作中に書かれた、びっくり水の説明である。語源は知らないが、面白い言葉である。「浜風屋菓子話」「日本橋牡丹堂 菓子ばなし」シリーズで知られる作者は、その〝びっくり水〟を効果的に使い、ある家族の肖像を描き出した。

浅草《あさくさ》の観音様の裏手に、菓子屋「川上屋《かわかみや》」があった。主の正吉《まさきち》は三代目で腕のい い職人だ。ところが、めったに働かない。困った女房のお里《さと》が、最中《もなか》とおはぎを作って売っているが、出来はよくなかった。当然、家は貧乏である。その状況を憂《うれ》えているのが、娘のおみちだ。六歳と四歳の弟もいて、このままではどうにもならなくなる。近所の友達から、奉公に出される可能性があるといわれたおみちは、あることをやってみるのだった。

たまたまだが、また三代目のダメ男である。もっとも本作の正吉は、どうにも憎めない性格だ。家族への愛情もある。とはいえお里にすれば、たまったものではない。おみちの不安も、もっともだ。何かあれば家族が壊れてしまう。この危機を作者は、びっくり水で回避する。しかも二回だ。絶妙のタイミングでびっくり水を使う、作者の手腕を堪能《たんのう》したい。

「猪鍋《ししなべ》」近藤史恵

精力的にミステリーを発表している作者は、捕物帳も執筆している。それが「猿《さる》若町《わかまち》捕物帳」シリーズだ。主人公は、南町奉行所定町廻《じょうまちまわ》り同心《どうしん》の玉島千蔭《たましまちかげ》。男前だが堅物《かたぶつ》で、仕事熱心である。その千蔭に協力するのが、猿若町中村《なかむら》座の人気若《わか》女形《おやま》の水木巴之丞《みずきともえのじょう》と、吉原《よしわら》の遊女・梅が枝《うめがえ》だ。本作は、そのシリーズの一篇である。

千蔭と見合いしたのだが、彼の父親の千次郎《せんじろう》の後妻《ごさい》になったお駒《こま》が妊娠した。しかしつわりが酷く、ほとんど食べることができない。何とかしようと思った千蔭は、お駒の母親から「珍しいものの方が喜んで口にするかもしれません」と聞いて、巴之丞に相談。「乃《の》の字屋《じや》」という猪などの肉を食わせる店を紹介される。さっそく一家で出かけた「乃の字屋」で、お駒は大いに猪鍋を食べることができた。満足した千蔭だが、店に騒動が起きたことから、「乃の字屋」で続発する事件にかかわっていく。

千蔭の見合い相手がユニークなキャラクターだったり、彼の朴念仁《ぼくねんじん》ぶりに小者《こもの》の八十吉《やそきち》が呆れたりなど、読みどころは多いが、やはり注目すべきは「乃の字屋」を巡る一連の事件であろう。捕物帳で食中毒とくれば、誰でも毒を予想するはずだ。

では、本作はどうか。詳しく書くわけにはいかないが、そういう方向に捻《ひね》ってきたかと感心した。千蔭の推理も鮮やかであった。

また、ラストの一行で〝旨《うま》いもの〟の本質を突いている。そうそう、そうなんだよ！　だが、それが分かっていても、本作の猪鍋が食べたい。だって本当に美味しそうなのだから。

「桜ほろほろ」五十嵐佳子

『妻恋稲荷　煮売屋ごよみ』や、「読売屋お吉甘味帖」シリーズの作者である五十嵐佳子も、料理を題材にした、優れた時代小説の書き手である。それは本作を読めば、よく分かるだろう。

薬種《やくしゅ》問屋の娘だが、旗本・池田《いけだ》家の奥方に仕え、独り身を貫いたさゆ。五十五歳で池田家を退いて、実家の世話になったが、毎日が退屈だ。旧友の小夏《こなつ》と四十年ぶりに再会したのを切っかけに、自分のやりたいことを考えた彼女は、「蒲公英《たんぽぽ》」という茶屋を始める。出すのは茶と団子だけだが、池田家で鍛えた料理の腕は上々。常連客も付き始め、楽しく働いている。そんなさゆが、ちょっとしたことで漆器屋《しっきや》「光風堂《こうふうどう》」のおかみのきよを知った。夫に死なれ、口うるさい姑《しゅうとめ》と暮らすきよは、鬱々《うつうつ》としているらしい。きよが気になったさゆは、彼女の故郷を聞いて、あるものを差し出す。

あるものとは、きよの故郷の料理である。私も某県に行ったときに食べたことがあるが、たしかに美味しかった。しかもきよにとっては故郷の、いや家族の味である。子供の頃の家庭の味は、幾つになっても懐かしく、慕わしい。そんな人の心の機微《きび》を熟知した、さゆに魅了されてしまった。ああ、いい話だ。是非《ぜひ》とも、シリーズ化してほしいものである。

「糸吉の恋」宮部みゆき

ラストはいつものように宮部作品である。ご存じ「回向院《えこういん》の茂七《もしち》」シリーズの一篇だ。ただし本作の主人公は、本所深川《ほんじょふかがわ》一帯を縄張りにする岡っ引き・回向院の茂七ではなく、その手下《てか》の糸吉《いときち》である。

本所相生町《あいおいちょう》の一角にある菜の花畑は、糸吉のお気に入りだ。ある日、その菜の花畑に立つ娘を、糸吉は見かけた。娘が気になった彼は、後を尾けて、蕎麦屋《そばや》「葵屋《あおいや》」の看板娘のおときだと知る。おときを好きになった糸吉だが、彼女には何か屈託《くったく》があるようだ。彼女に話を聞いてみると、菜の花畑の下に、赤ん坊の死体が埋まっているというではないか。驚いて茂七にご注進《ちゆうしん》するが、なぜか相手にされない。怒った糸吉はひとりで調べ始めるのだが……。

本作も捕物帳なので、詳しく内容に触れるのは控えよう。一途《いちず》な糸吉の探索の結果は切なく、だけど人の優しさがあった。江戸の片隅の哀歓に、しんみりとしてしまうのである。

おっと、肝心の美味を忘れちゃいけない。菜の花のおひたし、菜の花餅、菜の花飯と、菜の花尽くしの食べ物が、ストーリーを彩っている。私も近所の土手で菜の花を摘んで、おひたしにしたりするので、つい味を思い出して口の中に唾が溜まった。人の想いが変わらぬように、人の食べるものも変わらない。作者の描く食べ物を通じて、温かな江戸の世界が、より身近に感じられた。

今年は、世界も日本も激動といっていい年になった。しかし私たちがやるべきは、いつもと変わらぬ日常を維持することだと信じている。美味しいものを食べて、面白い小説を読む。そんな日々を過ごしていこうと、本書収録の五作を眺めながら、あらためて思ったのである。

（文芸評論家）

出典

「福袋」（朝井まかて『福袋』所収　講談社文庫）
「びっくり水」（中島久枝　書き下ろし）
「猪鍋」（近藤史恵『寒椿ゆれる　猿若町捕物帳』所収　光文社文庫）
「桜ほろほろ」（五十嵐佳子　書き下ろし）
「糸吉の恋」（宮部みゆき『〈完本〉初ものがたり』所収　ＰＨＰ文芸文庫）

本書は、ＰＨＰ文芸文庫のオリジナル編集です。

本文中、現在は不適切と思われる表現がありますが、差別的な意図を持って書かれたものではないこと、また作品が歴史的時代を舞台としていることなどを鑑み、原文のまま掲載したことをお断りいたします。

著者紹介

朝井まかて（あさい　まかて）

1959年、大阪府生まれ。2008年、『実さえ花さえ』で小説現代長編新人賞奨励賞を受賞してデビュー。14年、『恋歌』で直木賞、16年、『眩』で中山義秀文学賞、17年、『福袋』で舟橋聖一文学賞、18年、『雲上雲下』で中央公論文芸賞、19年、『悪玉伝』で司馬遼太郎賞、21年、『類』で芸術選奨文部科学大臣賞、柴田錬三郎賞を受賞。著書に『ボタニカ』『白光』などがある。

中島久枝（なかしま　ひさえ）

1954年、東京都生まれ。学習院大学文学部卒業。2013年、『日乃出が走る 浜風屋菓子話』でポプラ社小説新人賞特別賞、19年、「日本橋牡丹堂 菓子ばなし」「一膳めし屋丸久」で日本歴史時代作家協会賞文庫書き下ろしシリーズ賞を受賞。著書に「湯島天神坂お宿如月庵へようこそ」シリーズなどがある。

近藤史恵（こんどう　ふみえ）

1969年、大阪府生まれ。大阪芸術大学文芸学科卒業。93年、『凍える島』で鮎川哲也賞を受賞してデビュー。2008年、『サクリファイス』で大藪春彦賞を受賞。著書に『おはようおかえり』『シャルロットのアルバイト』、「ビストロ・パ・マル」シリーズなどがある。

五十嵐佳子（いがらし　けいこ）

1956年、山形県生まれ。お茶の水女子大学文教育学部卒業。著書に「結実の産婆みならい帖」「読売屋お吉甘味帖」「女房は式神遣い！ あらやま神社妖異録」シリーズ、『妻恋稲荷 煮売屋ごよみ』などがある。

宮部みゆき（みやべ　みゆき）

1960年、東京都生まれ。87年、「我らが隣人の犯罪」でオール讀物推理小説新人賞を受賞してデビュー。92年、『本所深川ふしぎ草紙』で吉川英治文学新人賞、93年、『火車』で山本周五郎賞、99年、『理由』で直木賞、2002年、『模倣犯』で司馬遼太郎賞、07年、『名もなき毒』で吉川英治文学賞を受賞。著書に「きたきた捕物帖」シリーズ、『桜ほうさら』『〈完本〉初ものがたり』などがある。

編者紹介

細谷正充（ほそや　まさみつ）

文芸評論家。1963年生まれ。時代小説、ミステリーなどのエンターテインメントを対象に、評論・執筆に携わる。主な著書・編書に、『歴史・時代小説の快楽 読まなきゃ死ねない全100作ガイド』「時代小説傑作選」シリーズなどがある。

PHP文芸文庫　はらぺこ
〈美味〉時代小説傑作選

2022年10月19日　第1版第1刷

著　者　朝井まかて　中島久枝
近藤史恵　五十嵐佳子
宮部みゆき
編　者　細　谷　正　充
発行者　永　田　貴　之
発行所　株式会社ＰＨＰ研究所
東京本部　〒135-8137 江東区豊洲5-6-52
第三制作部　☎03-3520-9620（編集）
普及部　☎03-3520-9630（販売）
京都本部　〒601-8411 京都市南区西九条北ノ内町11
PHP INTERFACE　https://www.php.co.jp/
組　版　朝日メディアインターナショナル株式会社
印刷所　図書印刷株式会社
製本所　東京美術紙工協業組合

 ISBN978-4-569-90248-7

PHP文芸文庫

はなごよみ

〈草花〉時代小説傑作選

宮部みゆき、中島 要、廣嶋玲子、梶よう子、
浮穴みみ、諸田玲子 著／細谷正充 編

いま話題の女性時代小説作家が勢ぞろい！
桜、あじさい、朝顔、菊、椿……江戸の人
情を花に託した美しくも切ない時代アンソ
ロジー。